사라진 조각

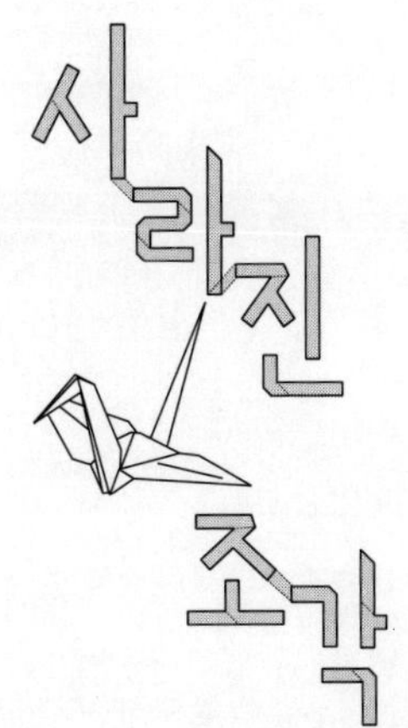

사라진
조각
황 선 미
장편소설
창비

차 례

1 황사주의보 _ 007

2 불안한 고요 _ 042

3 다른 사람의 사건들 _ 072

4 아이들 장난 _ 106

5 조각은 언제나 _ 141

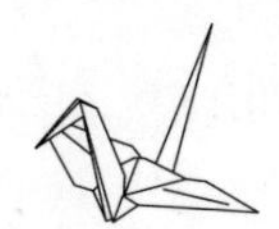

작가의 말 · 기억하지 못해도 거기에는 _ 187

"수학만 조금 올랐어."

미정이의 부루퉁한 말에 수지가 확 찡그렸다. 그러면서도 빨대를 요리조리 움직여 커피를 남김없이 빨아 마셨다.

"우리 엄만 날 죽이고 말걸!"

수지가 커피 갑을 쓰레기통에 처박으며 짜증 냈다. 자기만의 스트레스 해소제라는 프렌치커피를 단숨에 먹어 치우고도 저런 태도면 꽤나 성질났다는 거다.

점수가 올랐다면서 인상 구기는 미정이는 내가 봐도 얄밉다. 불안할 때마다 단것을 먹어 대는 수지도 마음에 안 들기는 마찬가지다. 그래도 나는 이 애들과 붙어 다닌다. 혼자 다니는 것만큼 찌질

해 보이는 것도 없으니까. 저희끼리 뭘 하든 무시하면 같이 다닐수 있다. 종종 기분 상하기는 해도, 그럴 때는 대화에 툭 끼기도 하지만 나는 언제나 둘의 대화에서 밀린다. 헐거워진 조각이 힘없이 밀려 빠지는 것처럼.

무덤덤하니 껌만 오물거렸다. 둘은 내 성적이 어떤지 묻지 않는다. 언제나 저희끼리 신경전이다. 틀림없이 내가 자기들보다 떨어진다고 믿는 것 같은데, 뭐 그럴지도 모른다. 미정이나 수지가 성적 올리느라 안달인 것에 비해 나는 좀 건성이니까. 오늘 받은 학원 성적도 평균 팔십에 간신히 턱걸이다.

"너, 이실직고해! 우리 몰래 수학만 따로 과외받지?"

"무슨, 시간이 어디 있다구!"

미정이 대답은 막 들어오는 전철 굉음에 묻혀 버렸다.

우리는 출입문 쪽에 붙어 섰다. 흐트러진 앞머리를 매만지다 멈칫했다. 유리창에 얼비친 내 얼굴이 이상하게 낯설었다. 안 그래도 살짝 매부리코인 데다가 쌍꺼풀도 한쪽뿐이라 불균형해 보이는 얼굴이 누렇게 낀 먼지 탓인가 얼룩처럼 보였다. 우울한 표정에 껌을 씹느라 찌그러진 모양이라니. 당장 껌을 뱉어서 손가락으로 짓이겼다.

전철 안은 몹시 소란했다. 다음 역 안내 방송에 질세라 잡상인이 구두 깔창을 사라고 목소리를 높이고 있었다. 미정이와 수지 목소리도 만만치 않았다.

“아냐. 도덕성 때문에 문제가 되는 거야.”

“천만에! 근친혼 문제는 유전적인 거야.”

“그럴듯한 핑계지. 뭐, 어차피 남자 여자잖아. 결혼이 안 된다는 건 친족 간에 질서가 이상해지기 때문이라고.”

“너는 유전병이 왜 생긴다고 생각하니?”

말씨름하고 있는 둘을 물끄러미 바라보았다. 둘의 주제가 언제부터 근친혼으로 바뀌었을까. 둘은 어떤 문제에 대해서 다시 안 볼 것처럼 다투곤 하는데, 그럴 때는 누가 자기들을 쳐다보는 줄도 창피한 줄도 모른다. 토론다운 것도 있지만, 비듬 제거에 뜨거운 물이 좋은가 미지근한 물이 좋은가 하며 입씨름할 때도 있다.

“유럽 왕족들에게는 말이지,”

미정이가 문득 나를 보았다. 나에게 말하거나 의견을 구하려는 건 아니었다. 그냥 시선이 잠깐 머문 것이다. 늘 그랬던 것처럼 어쨌든 같이 다니는 사이니까 예의상. 그때 나도 모르게 말이 툭 나왔다.

“나, 유학 가.”

갑자기 내게 모아진 시선. 나는 어깨를 으쓱했다. 머릿속에서 바글대던 문제가 더 이상은 내 조그만 머리에 갇혀 있기 싫었던지 어디까지나 제멋대로 튀어나온 거였다. 아무튼 나라는 애는 분위기 파악 못 하는 데 선수다.

괜히 말했다는 걸 직감했지만 둘의 시선이 내게 쏠린 게 나쁘지는 않았다. 미정이의 눈이 찌그러지는 걸 보니 못 믿겠는 모양이다. 수지는 한술 더 떴다.

"신유라. 너 무슨 문제 있냐?"

다소 빈정대는 말투가 목구멍의 가래처럼 걸린다. 부러워할 거라는 생각까지는 안 했다. 그러나 적어도 놀라거나 궁금해할 줄 알았는데 영 그렇지가 않다. 약 오르고 손해 본 듯한 기분. 그냥 확 떠나 버릴 걸 그랬나. 어느 날 갑자기 사라지면 모두 나를 주목할지도 모르는데. 잠깐이라도. 그러나 솔직히 유학 갈 마음이 없다. 멍청하게도 빼도 박도 못 할 말을 해 버린 셈이다.

"문제?"

손가락의 껌만 짓이겼다. 어떻게 대답해야 계속 이야기의 중심이 될까. 그런데 잘 모르겠다. 대답을 기다리는 네 개의 눈도 부담스럽다.

문제라면 내 유학을 엄마 마음대로 추진하고 있다는 것이다. 유학 떠나는 날 감쪽같이 가출해 버릴까 생각하고 있다는 것도. 아, 유학도 가기 싫고, 가출할 자신도 없는 게 진짜 문제인지 모르겠다.

"어디로 가는데? 영국? 미국?"

수지가 고개를 갸웃하며 빤히 보는 걸 외면했다. 제대로 헛소리했구나 싶다. 적어도 영국이나 미국 유학이라야 기대하던 반응이 나올 것 같은. 하지만 나라는 애가 뭐 하나 신통한 게 없는 존재라는 걸 이렇게 다시 각인시키고 만다.

"필리핀."

"뭐어? 거길 왜 가?"

"야아. 너 그 정도 아니잖아."

역시나. 미정이 눈은 더 찌그러졌고 수지는 픽 웃었다. 등이 찌릿하며 짜증이 났다. 둘 사이에서 늘 따돌려지는 듯해도 잘 참아왔는데 이건 최악이다. 필리핀 유학을 공부 못해서 도망치는 것쯤으로 반응하는 애들이 싫기도 하고 웃음거리를 자초한 내가 한심하기도 했다. 문득 재희가 떠올랐다. 뉴질랜드로 유학 갔다가 적응 못 해서 돌아왔다는 애. 무슨 이유에서인지 자기 학년으로도 못 가고 우리 반이 됐는데 반 애들 누구와도 어울리지 못하는 애다. 엄마가 유학 이야기를 꺼냈을 때부터 좀 멍해 보이는 재희한테 신경이 쓰이곤 했다.

미정이가 언제 가느냐고 물었지만 괜찮은 척 대거리할 자신이 없어 돌아섰다. 마침 문이 열렸고 나는 그대로 내렸다. 걔들이 나를 불렀는지 모르겠다. 종종걸음 치다 전철이 떠나는 걸 돌아보았다. 쇳소리와 매캐한 바람이 나를 함부로 뒤흔들고 사라졌다. 가슴이 시리다.

대공원역.

의자에 앉아 전광판을 물끄러미 쳐다보았다. 다음 전철이 오려면 꽤 기다려야 할 것 같다. 저걸 타면 미정이를 다시 봐야 할지도 모른다. 수지는 몰라도 미정이는 기다릴 것 같다. 내가 내리자마자 그나마 전화하고 문자를 보낸 애다. 조금도 위로가 안 됐지만 갸륵한 배려가 아닐 수 없다. 나에 대한 관심이 신상연 때문이 아니라면 훨씬 좋을 텐데.

내 오빠 신상연. 한 학년 위고 오빠인 건 맞지만 고작 열 달 먼저 태어났으니 동갑내기나 마찬가지다. 사춘기가 막 시작되었을 때 우리가 열 달 차이라는 것 때문에 예민해진 적이 있었다. 하지만 생리적으로 충분히 임신 가능한 기간이고 부모 자식 간 혈액형이며 신생아 때부터의 증거들이 너무나 분명해서 내가 이복 자식은 아니라는 결론에 도달했다. 그렇다 해도 엄마로 인해 내가 우리 집의 타인인 것만 같은 느낌은 지울 수가 없지만.

사실 엄마보다 나를 더 좌절시키는 사람이 바로 오빠다. 외모에서든 성적에서든 나와는 사뭇 다른 존재라는 사실만으로도 미치겠는데 겨우 열 달 차이면서 열 살은 더 먹은 것처럼 무게 잡는 태도는 정말이지 밥맛이다. 요즘 들어서는 더더욱. 욕실에서 나왔을 때나 식탁에서 문득문득 내게 꽂혀 있는 시선이 느껴져 쳐다보면 되레 우거지상을 하고 고개 돌리는 모양새. 못마땅한 게 누군데. 뭐, 어쨌든 내성적이고 잘 웃지도 않아서 친구들과 있으면 상대적으로 어두워 보이는 인상이건만 미정이는 그래서 더 끌린단다. 고독해 보인다나 어쩐다나. 호들갑 떠는 걸 보면 미정이 취향도 참 유치하다.

음악이 끊겼다. 줄곧 서태지의 음악을 듣고 있었다는 사실을 배터리가 소진되어야 깨닫는 건 나의 습관이다. 이어폰을 빼서 가방에 넣는데 황사 마스크가 눈에 띄었다.

웬만하면 써라.

마스크를 받아 가방에 넣을 때 엄마가 말했다. 그러나 집을 나서면서부터 착실하게 마스크를 한 오빠와 달리 나는 누렇고 탁한 공기 속으로 그냥 놓여났다. 그리고 줄곧 까먹고 있었다. 엄마는 내 성적에 대해 잔소리를 거의 안 한다. 오늘도 그럴 것이다. 내 성적은 늘 이 정도였고, 엄마가 하는 말도 늘 비슷했다.

공부가 다는 아니지. 하고 싶은 걸 찾으면 될걸.

거기에 얼마 전부터 느닷없이 "유학이 전화위복이 될 거다."가 보태졌다. 한숨이 포옥 나왔다. 처음 유학 얘기가 나왔을 때 싫다고는 했지만 그건 갑자기 공격받았을 때 방어하는 제스처 같은 거였다. 싫은 이유랄 게 없었고 엄마도 내 반응에 신경 쓰지 않았다.

모르긴 해도 떠나야 할 날이 머지않았을 것이다. 엄마가 유학원과 통화하는 걸 얼핏 들었는데 내게는 말해 주지 않으니 정확한 건 모른다. 뭐 별로 궁금하지도 않다. 엄마가 새로 찾아낸 학원으로 등 떠밀려 가는 기분이 들었을 뿐이다.

유학이라는 말에는 무감각한데 외국에 가서 꽤 오랫동안 혼자 있어야 한다고 생각하면 앞이 캄캄하다. 나는 늘 집에 있고 싶었다. 그러나 항상 밖으로 내몰렸다. 공부 때문만은 아니었던 것 같다. 엄마는 어렸을 때부터 나를 별로 좋아하지 않았고 내 의견을

존중하지 않았다. 그래서 보란 듯이 유학이라는 걸 떠나 버리고 싶다가도 낯선 곳에서 혼자 있을 걸 생각하면 슬프다. 이도 저도 아니어서 나 자신이 한심하고 못마땅한 게 어디 이뿐이었나.

아마도 유학은 나의 마지막 학원이 될 것이다. 어려서부터 나는 오빠와 달리 모든 게 시원찮았다. 피아노도 치다 말았고, 발레도 수영도 그저 그랬다. 학교 성적마저 개인 선생님을 붙여도 효과가 없자 엄마는 더 노력하지 않았다.

엄마의 자존심을 완벽하게 세워 주는 오빠, 회사의 중역이면서도 검소한 아빠, 모든 것을 두 남자를 중심으로 이끌어 가는 엄마까지 세 사람은 아주 잘 맞추어진 퍼즐이다. 씁쓸하게도 나는 어디선가 잘못 떨어져 나온 조각이 분명하다.

오이도행 열차가 전 역을 출발했다는 정보가 전광판에 떴다. 오늘따라 더 시커멓게 보이는 굴. 거의 날마다 이용하는데도 저 굴을 빠져나온 전철이 묘하게 비현실적으로 느껴질 때가 있다. 어둡고 공허해 보이는 굴에서 그토록 밝고 속이 훤한 물체가 나타나는 것도, 불편한 소리와 바람마저 거두어 이내 사라져 버리는 것도 착시 현상만 같다.

빛을 번득이며 전철이 들어왔다.

나를 벗겨 버릴 듯 탁한 바람이 달려들었다. 숨 막혀. 뒤통수를 긋는 브레이크 소리. 소름이 끼친다.

아까보다 승객이 더 많았다. 출입문 쪽에 낯익은 애들이 모여 있었다. 같은 학원 애들이다. 벌떡 일어나 역을 빠져나왔다.

시야가 뿌연 게 황사가 더 심해진 것 같다. 뉴스에서 오늘은 외출을 삼가고 외출할 때는 반드시 마스크를 착용하라고 했다. 마스크를 꺼내 쓸까 말까 생각하며 걸었다. 바람조차 없어서 죽은 공기가 고여 있는 느낌이다. 그래도 이 시간에 대공원에 있다는 게 위로가 됐다. 그냥 갔으면 원어민 교사의 영어 프로그램에 끼어 멍하니 있어야 했을 것이다.

대공원 입구가 세상의 끄트머리처럼 아득해 보였다. 여기서는 돌아가서 전철을 타든지 아득한 저 문으로 가든지 둘 중 하나다. 누런 먼지의 세상 속에서도 벚꽃은 흐드러지게 피었고, 연인들은 꼭 붙어서 걷고, 파라솔 밑의 할머니는 가래떡을 구워 팔았다. 폐장할 때가 돼 가는지 들어가는 사람보다 나오는 사람이 훨씬 더 많았다.

초등학교 때 몇 번이나 현장 실습을 온 곳이라 흥미로울 것도, 가고 싶은 곳도 없었다. 그저 시간이나 죽이며 좀 걸어갔다 돌아오자 생각했다. 미정이의 참을성이 다할 때까지만. 안 그럴지도 모르지만, 혹시 역에서 나를 기다린다고 해도 삼십 분이 고작이다. 미정이는 절대로 나 때문에 원어민 영어 프로그램에 빠질 애가 아니다.

"코끼리 열차 600원."

정문 앞에서 무심코 안을 쳐다보는데 매표원이 짤막하게 말했다. 업무를 마쳐야 하니 서두르라는 듯. 문득 사자가 보고 싶어졌다. 마지막으로 봤을 때 사자는 참 도도했다. 사람들이 과자를 던져 주고 카메라 셔터를 눌러 대도 고개조차 안 돌렸었다. 아직도 그러고 있을까. 여전히 사람들에게 무관심한 채 어디 먼 데를 바라보고 있을까.

입장하려고 코끼리 열차를 탄 사람은 나뿐이었다. 괜히 조바심이 났다. 반드시 해야 할 과제라도 받은 아이처럼 문을 닫기 전에 사자를 봐야 한다는 생각이 간절해졌다. 입장권 요금을 디밀자 매표원이 시계부터 보았다.

"금방 끝나는데?"

"사자만 볼 거예요."

매표원은 내가 중요한 일로 급히 찾아왔다고 생각한 모양이었다. 정말 그런 것처럼 나는 잰걸음으로 아프리카 관으로 갔다. 홍학도 코끼리도 하마도 불투명한 봄볕을 받으며 느릿느릿 움직이고 있었다. 사자는 바깥에 나와 있지 않았다. 야트막한 언덕을 오르는데 숨이 가쁘고 목이 따끔거렸다. 가방 속의 마스크가 또 생각났다. 실내 우리로 들어서자 역한 냄새가 코를 찔렀다. 진작 마스크를 쓸걸.

"아, 사자!"

무심코 나온 말. 웃음이 쿡 나왔다. 사자 우리에 사자가 있는 게 뭐 별일이라고. 그러나 사자마저 없었으면 내가 얼마나 더 바보 같았을까.

좁은 실내에 수사자가 네 마리나 있었다. 네 귀퉁이 하나씩 차지하고는 상대를 건드리지도 바라보지도 않는 모양이 좁은 공간이나마 영역을 나누어 가진 듯했다. 한 마리는 길게 누워 있고, 한 마리는 쪽문을 계속 긁어 댔고 한 마리는 어슬렁거렸다. 그리고 한 마리는 유리와 벽이 닿은 모서리에 얼굴을 처박고 있었다. 잠들었는지 꼼짝도 안 했다. 귀에 난 상처가 언뜻 보였다. 얼마 전에 생긴 듯 아직도 상처에 피가 엉겨 붙어 있고 지저분한 유리에 밀착된 털도 부스스했다. 무슨 기대를 했던 건 아니지만 좀 실망이다. 도도해 보이던 마지막 인상은 그저 환상이었을까. 동물의 왕이라는 사자가 이 꼴이라니.

"야, 여기 좀 봐."

휘파람을 불었다. 사자 얼굴을 보고 싶었다. 고개를 들어 나를 한번 봐 주면 여기까지 온 바보 같은 나 자신도, 초라해 보이는 사자도 용서가 될 것 같았다. 그러나 사자는 움직이지 않았다. 불러도, 휘파람을 불어도, 휴대폰 카메라로 빛을 보내도 소용없었다.

사자와 나 사이를 막은 건 유리창과 쇠로 된 가로막이다. 이곳에 나뿐이라는 사실이 가까이 가지 말라는 경고를 무시하게 만들었다. 나는 앉다시피 해서 가로막 밑으로 들어갔다. 유리창이 코앞이다. 조금 떨어져 있을 때는 몰랐는데 맞닿을 만큼 다가가자 약간 긴장이 됐다. 유리가 막아 줘서 얼마나 다행인지.

톡톡.

유리를 건드리는 순간 후회했다. 길게 누워 있던 사자가 일어나고, 문을 긁어 대던 사자가 하던 짓을 멈추고, 어슬렁거리던 사자가 멈칫했다. 그리고 일제히 그르렁거리며 나를 보았다. 사냥할 먹잇감에 집중하듯. 가슴이 철렁했다. 나 따위가 감히 마주 볼 상대가 아니었던 것이다.

모서리에 처박혔던 사자 머리마저 움찔했다. 섬뜩해서 물러서는데 가로막이 등에 턱 닿았다. 더는 물러설 수가 없었다. 헝클어진 털 뭉치 같던 사자의 머리가 천천히 움직이는 동안 나는 최대한 물러섰다. 가까이에서 본 사자는 너무 컸다. 당장 가로막 밑으로 빠져나가야 한다는 걸 알면서도 그렇게 할 수가 없었다.

사자가 서서히 고개를 돌려 나를 정확히 보았다.

"허억⋯⋯."

고작 몇 센티미터. 사자의 눈이 이토록 무서운 것이었나. 심장에 꽂히는 것 같은 시선에 소름이 돋았다. 무심한 듯하면서도 미세하게 움직이는 눈, 코, 입, 그리고 깊은 속으로부터 울려 나오는 듯한 소리. 멍청하게도 무슨 착각을 했나. 동물원의 사자도 사자였다. 모든 위협이 배제된 영상이나 사진 속의 그림이 아닌.

회색과 브라운이 뒤섞인, 아니 검은색이 뒤섞인 눈에 사로잡힌 나에게 사자의 숨결이 고스란히 전해졌다. 유리창에 뿌옇게 서리곤 하는 콧김이 마치 내 몸에 닿는 것만 같았고 살갗이 죄다 일어나 따끔거렸다. 꿰뚫어 버릴 듯한 눈빛과 깊은 데서부터 울려 나오는 소리로 인해 가슴에 붙인 손조차 내릴 수가 없었다.

"악!"

갑자기 사자가 앞발을 휘둘러 주저앉고 말았다. 기다시피 가로막을 빠져나왔다. 죽을 것 같았는데 아무 일도 일어나지 않았다. 가슴이 터질 듯 두근거리고 유리창에 그어진 얼룩이 남았을 뿐이다.

아, 나도 모르게 가슴을 꼭 눌렀다. 이상하다. 마치 사자 앞발에 얻어맞기라도 한 듯 가슴이 먹먹하고 아팠다. 울 마음이 없는데 눈물까지 났다.

사자의 눈은 크고 깊었다. 무섭고 아름다웠다. 사자의 가장 깊은 어디쯤에서 울려 나온 듯한 음성이 내 속으로 스며드는 듯했다. 등뼈 하나하나를 건드리며 들어와 가슴 맨 안쪽에 고이는 것 같은.

"폐장입니다. 나가 주세요!"

입구에서 누가 소리쳤다. 비로소 안도의 숨이 나왔다. 나가려다 다시 사자를 보았다. 사자는 이미 나를 보고 있지 않았다.

"또 올게. 안녕."

우리 밖으로 나서는데 왼쪽 벽을 싱싱하게 메운 담쟁이 넝쿨이 눈에 확 들어왔다. 아까는 보이지 않았던 것이다. 냄새나는 곳을 나와서인지 담쟁이 넝쿨 때문인지 가슴이 시원했다. 기분도 썩 괜찮아졌다.

관람객이 빠져나가 한산한 동물원이 황사에 갇혀 가라앉고 있는 듯했다. 뛰다시피 동물원을 나갔다. 매표소는 이미 닫혔고 코끼리 열차도 막 떠나려는 중이었다. 표가 없어서 그냥 가려고 했는데 기사가 타라고 했다. 앞쪽의 노인 두 분과 뒤쪽의 연인 한 쌍이 승객의 전부였다. 나는 맨 가장자리에 앉아 황사에 잠기고 있는 풍경들을 무심코 바라보았다.

호수 위에 멈춘 리프트 행렬, 바람도 없는데 말줄임표처럼 지고 있는 벚꽃들, 정문 쪽으로 부지런히 걸어가는 사람들, 아직 일어설 생각이 없다는 듯 꼭 붙어 앉아 있는 연인을 지나쳤다. 장난치며 뛰어가는 여학생들도 지나쳤다. 길 가다 말고 대범하게 입을 맞추는 남녀 학생도.

찡그리며 돌아보았다. 신경이 바짝 곤두섰다. 잠깐 사이에도 코끼리 열차가 그들로부터 멀어져서 고개가 아프도록 돌아봐야만 했다. 낯익은 옷차림 때문이 아니었다. 말총머리에 늘씬한 재희. 그녀의 허리가 부드럽게 휘어지도록 안고 있는 남학생.

'오빠?'

믿을 수가 없다. 잘못 보았을 것이다. 코끼리 열차는 꽤 빨리 그들을 지나쳤고 황사 때문에 시야도 좋지 않았다. 더구나 그들은 저희끼리 얼굴을 대고 있었지 나를 본 게 아니었다. 제대로 봤을 리 없는 것이다. 아, 그런데 왜 오빠로 보였을까. 여학생이 재희였는지는 확실치 않아도 남학생은 분명히 오빠 같았다. 아니다. 말도 안 된다. 이 시간에 오빠가 대로변에서 키스라니. 그것도 재희와.

쉬는 토요일 따위와 상관없는 사람이 바로 신상연이다. 최상위권 성적을 유지해도 극히 일부만 들어갈 수 있다는 사립 고등학교 진학을 위해 열여섯 살의 삶에 뭐가 있는지 알려고도 않는 범생이다.

'아, 찝찝해……'

다시 돌아보았지만 그들은 시야에서 완전히 사라졌다. 정문을 나와서도 내내 서성거렸다. 내가 본 게 누구였는지 확인하고 싶었다. 그러나 아무리 기다려도 그들은 나타나지 않았다. 몇 사람이 무더기로 나올 때 놓쳤는지 오빠는커녕 닮은 사람도 보지 못했다. 정문이 닫히고 어두워져서야 나는 그곳을 떠났다.

"필리피노 가정으로 가게 될 거다."

엄마가 서류를 툭 놓았다.

처음에는 무슨 말인지 알아듣지 못했다. 유학원 주소를 보고서야 홈스테이 이야기라는 걸 알았다. 신경이 곤두섰다. 드디어 내가 떠난다는 거다. 도무지 실감이 안 나던 유학이라는 게 봉투가 툭 떨어지는 순간 느껴졌다. 너무나도 쉽게 던져지는 종이 몇 장. 존재감도 없이 떨어지는 얄팍하고 가벼운 존재. 그게 바로 나였다.

가슴이 싸해지며 눈물이 핑 돌았다. 엄마는 지나치게 냉정하고 빈틈없다. 그래서 정나미 떨어진다. 유학을 갈 것인지 가출할 것인지 아직 진지하게 고민도 못 해 봤는데. 도대체 그런 것들은 어떤 마음이라야 실천할 수 있는지 정말 모르겠는데.

"애가 버릇없이, 어른을 왜 그런 눈으로 봐?"

"싫으면, 안 가도 돼?"

"쓸데없기는. 이미 동의했잖니."

조용하지만 단조롭고 딱딱한 말투. 설교할 준비가 됐다는 증거다. 나는 소파 등받이를 뒤통수로 쿵쿵 찧으며 천장만 보았다. 설교가 귀찮다는 나름대로의 반항이지만 이 정도에 달라질 엄마가 아니다. 엄마 앞에서는 정말이지 울기 싫은데 눈물이 저절로 나고 목소리마저 기어들었다.

"난 동의한 적 없어. 엄마 맘대로였지."

"얘기 나온 게 언젠데 이제 와서."

"그딴 거 싫어."

"어리광 부리지 마. 너보다 어린 애들도 다 해."

"후우……."

"네 현실이 고마운 줄 알아. 삐끗했으면 영 다른 삶이었을걸. 기회가 없어 못 가는 애들이 얼마나 많은데. 부모라고 이런 투자가 다 가능한 거 아니다."

갑자기 참을 수 없게 머리 속이 근질거려서 잔뜩 찡그린 채 머리를 마구 흩뜨렸다.

엄마의 스타카토 잔소리는 사람을 미치게 한다. 내가 아무리 억울해도 표정 하나 안 바뀌며 집요하게 잔소리하는 엄마를 당해 낼 수가 없다. 잘못해서가 아니라 잔소리에 질려서 용서를 빈 적도 많고 잔소리 안 들으려고 뭐든 대충대충 따랐지만 이건 정말로 싫다.

엄마의 이 결정이 이토록 짜증 나는 것인 줄 이제야 깨닫다니 나 같은 바보가 또 있을까. 그래도 거역할 자신이 없다. 차라리 가출해 버리겠다고 대들 자신도, 이대로 그냥 놔두라며 싸울 자신도 없다. 참 불쌍하게도 헝클어진 머리가 겨우 생각해 낸 거라고는 '데려다 줄 거지?'였다. 그런데 그 말조차 나오지 않았다. 속이 부글거리고 갑갑해서 비명이라도 지르고 싶은데 그나마도 못 했다.

"후우! 거기 가서 죽지 뭐!"

발딱 일어나며 내뱉자 엄마가 뜨악해했다. 그건 나도 마찬가지였다. 내 입에서 이런 말도 나오다니. 낮에 본 사자가 내 속으로 들어오기라도 한 걸까. 어쨌든 기분은 나쁘지 않은데 일그러진 엄마 표정을 보니 당장에 이쪽 귀에서 저쪽 귀까지 지름길이 생기고 말 것만 같다. 꼼짝 말고 서 있으라는 듯 엄마가 손가락질하는 순간 전화벨이 울렸다.

"아직 안 왔다고요? 그럴 리가!"

날카롭게 갈라지는 목소리. 오빠가 도착하지 않았다는 내용 같다. 토요일 오후에는 검도를 하게 돼 있는데. 일그러지는 엄마 얼굴을 보니 아무래도 처음 온 전화가 아닌 모양이다. 단축 번호를 누르는 엄마의 손이 떨렸다. 동물원에서 목격한 장면이 떠올랐다. 설마, 진짜 오빠였을까.

전화를 받지 않는 모양이다. 입술을 꽉 문 채 여기저기 전화해

대는 엄마를 뒤로하고 방으로 왔다.

나에게 화나면 한층 더 침착해지고 이성적으로 반응하는 엄마가 오빠에게 화가 나면 믿을 수 없을 정도로 흥분한다. 오빠가 문제를 일으킨 적은 거의 없다. 엄마 취향으로 산 옷 따위를 오빠가 별로 좋아하지 않는다거나 건강식보다 라면을 더 좋아한다는 것 따위에 엄마가 못 견뎌 하는 것이지. 서랍 속의 만능 칼도 그렇다. 엄마는 오빠가 칼을 가졌다는 것에 예민하다. 아빠가 유럽 출장 기념으로 사다 준 선물이고 칼뿐 아니라 가위, 드라이버, 깡통 따개, 송곳까지 있는 요긴한 생활용품인데도 말이다. 하긴, 엄마가 그러는 게 이해될 때도 있다. 오빠가 왼손을 책상 위에 쫙 펴고서 칼로 손가락 사이사이를 찍을 때. 일정한 빠르기로 손가락 사이 찍기. 간혹 손가락을 다치기도 하지만 실수하지 않으려고 집중할 때의 오빠는 전혀 다른 사람이다. 솔직히 나는 그때의 오빠가 제일 마음에 든다.

속옷을 꺼내고 옷장 문을 닫으려다가 안쪽에 밀어 놓은 배낭을 보았다. 폴라로이드 카메라, 필름, 후드 티셔츠, 세면도구, 다이어리, 서태지 음반들, 그리고 편지지를 챙겨 넣은 배낭이다. 혹시라도 누가 그리우면 편지를 쓰려고 했다. 이제 생각하니 가출보다 여행에 더 어울리는 보따리다.

"멍청이……."

옷장 문을 탁 닫았다.

엄마가 샤워하러 가는 나를 쏘아보았다. 아까보다 한층 까칠해
진 표정이었다.

"너를 참아 줄 수가 없구나."

아킬레스건이 탁 건드려지는 기분. 참아 줄 수가 없다니. 엄마는
여태껏 나를 참아 줬던가 보다. 지금은 그럴 수가 없고.

"속옷 바람으로 나다니지 말랬지!"

경멸하는 듯한 표정도 기막혔지만 가슴에 꽂히는 말이 더 분했
다. 집에서 편한 차림으로 다닌 게 뭐 그리 잘못이라고. 엄연히 속
옷 위에 티셔츠까지 걸쳤는데. 이게 처음도 아니고, 샤워하려는 줄
알면서.

"뭐야, 그 웃음은?"

쇳소리 섞인 말투에 이가 악물어졌다. 신경이 곤두서서 엄마를
똑바로 보지도 못하고 무시하고 욕실로 가지도 못한 채 우두커니
서 있었다. 이렇게밖에 못 하는 내가 참을 수 없게 싫었다.

"상연이가 지금 얼마나 중요한 땐데 그따위 차림으로."

머릿속마저 찌르르했다. 도대체 무슨 말인지 알아듣기도 전에
비위가 확 상했다. 지금 있지도 않은 오빠 이야기가 왜 나올까.

"너무하잖아? 내가 뭘!"

"엉덩이 다 드러내 놓고 다니니까 하는 말이지."

"엄마!"

모욕감에 얼굴이 화끈했다. 어이없게도 나의 이런 차림이 오빠

의 중요한 때를 망치고 있다는 걸로 이해가 됐다. 나 때문에 공부에 집중 못 하고 엉뚱한 상상이라도 한다는 걸까. 지나친 비약인가.

"그래서 날 보내 버리려고 하는구나. 참아 줄 수가 없어서."

떠받들어지는 오빠에 비해 이런 푸대접이나 받는 게 너무나 억울하다. 마음에 안 들게 눈물까지 났다. 비로소 머릿속이 명쾌해졌다. 유학 갈 것인지 가출할 것인지 내가 고민할 필요도 없는 거였다. 애초부터 가출 요법으로 엄마의 동정심을 자극해 피할 수 있는 게 아니었다. 이 집에서 내가 안 보이는 게 엄마 목적이라면.

"나, 엄마 딸 아니지?"

엄마가 흠칫했다. 너무 분해서 비아냥댔을 뿐인데 꽤 당돌했나 보다. 오래전부터 문득문득 목구멍까지 치밀어 오르던 말을 겨우 한 번 내뱉었을 뿐이다. 나는 엄마의 눈빛이 흔들리는 걸 놓치지 않고 보았다. 이렇게 반응하면 엄마도 어쩔 수 없다는 걸 처음 알았다. 묘한 쾌감이 가슴을 채웠다.

"참아 주지 마. 누가 그러래?"

"이, 건방진!"

뺨이 찢어지는 줄 알았다. 손찌검을 당했다. 전류처럼 퍼지는 쓰라림. 너무 가느다래서 어떤 때는 커피 잔을 쥐고도 떠는 듯 보이던 손이 앙칼지기도 하다. 문득, 하필이면 발정 난 치와와가 떠올랐다. 그 앙증맞은 몸에 감추어진 욕정의 크기와 흥분한 상태에서도 처연한 눈빛을 보이던 작은 짐승 때문에 소름 끼치던 순간. 흥분해 떨고 있는 엄마의 눈을 마주 보기 싫었다. 핏발 선 그 눈이 치와와의 유리 눈알 같은 눈빛과 겹쳐지는 건 너무 끔찍하다. 눈을 꾹 감았다. 소리치고 싶었다. 오빠가 어디서 뭘 했는지 아느냐고.

"이봐!"

아빠가 들어섰다. 아빠는 이 광경을 믿을 수 없다는 듯 한참 동안 서 있다가 안방으로 갔다. 엄마는 잠시 고개를 돌리고 숨을 고르더니 놀랍도록 침착해져서 따라 들어갔다. 딱딱하고 낮은 말소리가 흘러나왔다.

"분명히 과민 반응하지 말라고 했을 텐데."

"그게 쉬워요? 기어이 거길 찾아간 사람도 있잖아."

"사람 노릇을 한 것뿐이야."

"신동욱 씨. 아버지 노릇이나 신경 쓰시지!"

잠시 침묵. 엄마의 신경질적인 소리를 들으며 나는 방으로 갔다.

"상연이가 없어졌단 말예요. 걔가 추적이 안 돼. 이런 적이 없었다고."

문이 쿵 닫히며 다음 말을 잘랐다. 암호도 아닌데 알아들을 수가 없다. 분명한 건 이 집에서 무슨 일이 벌어지고 있다는 것. 내가 할 수 있는 일이라고는 문을 잠그는 것뿐이었다.

애벌레처럼 웅크린 채 눈을 떴다. 울다 잠들어서 눈이 씀벅씀벅하고 뺨도 부은 듯했다. 가끔 생각한다. 밥을 거절할 수 있는 용기만 있어도 내가 덜 바보 같을 거라고. 아무리 속상해도 식탁에는 앉아야 하고, 먹는 시늉이라도 해야 한다. 내 뺨이 아직 아프든 말든 식사 시간에 나타나지 않는 건 아픈 뺨을 더 쳐도 좋다는 빌미를 주는 셈이 된다. 어제저녁에도 그랬는데 오늘 아침에야 말할 것도 없다.

"경준이 생일이었대요."

아무 일 없었다는 듯 차분한 엄마. 그러나 묵묵하던 내 속은 경준이라는 말에 꿈틀했다. 이런 상황에도 그 이름이 가슴에 턱 걸리니 정말 한심하다. 숨을 깊이 들이마셨다가 천천히 내쉬었다. 한숨 끝이 파들거렸다. 내 속이 아직 너무나 슬프다는 거다. 오빠가 안 들어왔다는 걸 이제 알았다. 정말 부럽다. 이렇게 쉽게 외박이라니.

"우람이네 있었다며, 경준이 생일?"

나에게 무슨 일이 있었는지는 묻지도 않는 아빠. 넘어가지 않는 맨밥을 우물거리고만 있는 나는 투명 인간이었다.

"우람이네가 비어서 거기 다 모였다네요. 김민까지."

"문제 일으킬 녀석은 없군."

"문제? 내가 참을 수 없는 건, 어른도 없는 집에서 저희끼리 밤을 지새웠다는 사실이에요. 그걸 알았던 엄마라면 누구든, 잠은 집에 가서 자라고 했어야지!"

"사내놈들은 그러기도 하는 거요."

"이따위 행동이 괜찮으시다? 그래서 당신은, 참 편하겠네요."

순간 아빠의 표정이 꿈틀했다. 그러나 그뿐이었다. 목덜미가 붉게 상기된 엄마를 나는 흘낏 보았다. 엄마가 진짜로 참을 수 없는 건 오빠가 엄마의 통제에서 벗어났다는 사실일 거다. 함께 어울린 친구들이 아무리 우등생들이라고 해도. 허락도 없이 스케줄을 망치고 외박까지 했으니 오빠는 여러 면에서 참 대단하다.

"상연이랑 통화한 건가?"

엄마 말투에 비위가 상했을 만도 하건만 아빠는 차분했다. 엄마가 숟가락을 탁 놓고 일어섰다.

"경준이 생일이라 거기 모였다는 사실만 알아냈어요! 그것도 몇 다리 건너서. 네 녀석 중 누구도 전화를 안 받고. 어딘지만 알았어도 찾아갔을 텐데."

"주말이니 좀 놀고 싶었겠지."

"당장 다음 주가 중간고사예요!"

꼭 엄마가 시험을 망친 학생 같다.

"검도며 토플 시간을 제멋대로 펑크 냈어. 오늘 봉사 활동도 있는데, 아직 안 들어오는 것 보라지."

"친구 생일이라잖아. 진로만큼 친구도 중요한걸."

"봉사 활동 점수가 얼마나 중요한지 몰라요? 민사고 합격만 하면 더 나은 친구가 생기는데 이따위로 정신 뺏겨야 되겠냐고!"

더는 화를 못 참겠다는 듯 안절부절못하는 엄마를 보고 아빠도 결국 숟가락을 놓았다. 나는 조용히 일어나 욕실로 갔다.

입에 든 것을 토해 버렸다. 울음까지 울컥 넘어왔다. 손찌검당한 데다 머잖아 유학이라는 걸 가야 하는 내 문제보다 오빠의 하룻밤 외박이 더 중요한 집이다. 여길 나가 버리자.

거울 속의 얼굴이 우울하다. 크기가 다른 눈, 살짝 구부러진 콧등에 처진 입꼬리. 조각처럼 반듯한 오빠와 달리 균형조차 안 맞는 얼굴이다. 부실한 인자로만 조합된 게 분명한.

"절대 안 돌아와."

입술을 꽉 물었다. 그러면 좋겠어…….

아빠가 현관을 나서다 말고 나를 물끄러미 보았다. 뭐라고 말하려다 그만둔 것 같은 얼굴이었다. 이번에도 그뿐이었다. 일요일인데도 양복 차림인 걸 보아 오늘도 업무가 있는 모양이다. 무겁게 문 닫히는 소리. 무슨 말이든 해 줬으면 아빠만큼은 용서했을 텐데.

"다음 달쯤 떠나."

겉옷을 걸치며 엄마가 말했다. 이건 명령인가. 높낮이도 없는 말투를 잘라먹듯 나는 방문을 닫고 침대에 엎드렸다. 내 방에 뭐가 있는지 하나하나 떠올려 보았다. 가지고 나갈 게 별로 없다.

현관문 닫히는 소리를 듣고서야 부스스 일어나 앉았다. 밤이라 어쩔 수 없이 참았을 뿐 이제부터 엄마는 본격적으로 오빠를 찾아다닐 것이다. 오빠는 엄마의 성(城)이니까. 아빠야 엄마를 사모님으로 살게 해 주는 고급 카드일 뿐이고 오빠는 엄마 말마따나 엄마가 공들여 빚은 작품이니까.

휴대폰이 울렸다. 실컷 울리다 꺼지도록 놔두고 돈과 통장을 챙겼다. 나가면 돈이 가장 중요하다는 생각을 미처 못 했었다. 나가기 전에 집 안을 잠시 바라보았다. 아무 감정이 없다.

미정이로부터 온 부재중 전화가 세 통. 유학 이야기가 궁금하겠지만 해 줄 이야기가 없다. 집을 나왔다고 알리고 싶지도 않다.

여전히 탁한 거리. 황사가 물러갈 기미가 없다. 방독면을 쓴 것처럼 마스크로 얼굴을 다 가린 사람들이 걸음을 재촉하며 갔지만 나는 자주 머뭇거렸다. 어디로 가야 할지 뭘 해야 할지 모르겠다.

전철을 타려다 그냥 걸었다. 상가를 지나 공원으로 갔다. 문화회관과 도서관이 있어서 늘 북적이는 곳인데 쓸쓸하리만치 사람이 없었다. 지독한 황사 때문이다. 등나무 길을 따라가며 폴라로이드 카메라를 꺼냈다. 아빠한테 받은 선물 중 가장 마음에 드는 것이다. 진화를 거듭하는 것 같은 디지털카메라와 달리 모양부터가 촌스럽지만 그래서 더 매력적이다. 하나의 이미지밖에는 못 찍어 내는 순수함 때문이다.

등나무 길 끝에 늘 잠겨 있는 도서관 후문이 있고 내가 좋아하는 나무 의자가 있다. 책을 대출해서 가끔 그 나무 의자에서 읽곤했다. 그리울 때를 위해서 찍어 가야겠다.

'안녕. 내 의자.'

등나무 길을 걸어가며 카메라 눈으로 구도를 잡아 보았다. 고집

스러워 뵈는 닫힌 문과 오래된 나무 의자가 다 들어가면 셔터를 누를 참이었다. 그러다 멈칫했다.

욕설과 신음, 킬킬거리는 소리. 등나무 길 끄트머리에서 불량해 뵈는 애들 서넛이 누군가를 집적거리고 있었다. 낯익은 애들이다. 나도 모르게 뒷걸음질 쳤다. 정학이며 사회봉사 처분을 도맡아 하는 심재호 패거리와 맞닥뜨려 이로울 게 없다.

먼지투성이로 쓰러진 채 발길질당하고 있는 애. 그 애는 악착같이 가방끈을 붙잡고 있었다. 불량배들의 바짓가랑이 사이로 그 애가 나를 보았다.

나도 모르게 입을 막았다. 오빠? 눈이 의심스러웠다. 내가 아는 오빠는 이런 후미진 곳까지 올 사람도, 저런 애들과 엮일 사람도 아니다. 분명히 친구들과 같이 있다고 했다. 학교에서 다 알아주는 그 잘난 우등생들과 생일인가 뭔가 때문에.

도망치다시피 걸었다. 가슴이 무섭게 뛰었다. 잘못 보았을 것이다. 하지만 틀림없이 오빠였다. 같은 학교라도 여간해서는 마주치기 어려운 사람을 이틀 연이어 본 것만도 뜻밖인데 지금 이 광경은 더 기가 막힌다.

"아, 저게 뭐냐고……."

짜증이 나서 벽에 기대서고 말았다. 청소년 폭력 현장. 신고해야 한다. 그러나 휴대폰만 열었지 손가락을 놀릴 수가 없었다. 번호가 생각나지 않는다.

"꼴통 새끼. 도망은 왜 쳐."

"지갑 봐라. 이건 내가 접수한다!"

"물건은 손대지 마."

"무슨 말씀? 난 나야. 그 자식 말은 너나 따르셔."

나는 움츠리듯 돌아섰고 그들은 나를 알아채지 못하고 지나갔다. 기운이 빠져 주저앉고 말았다.

먼지투성이에 절뚝거리기까지 하며 오빠가 느릿느릿 걸어갔다. 반듯하고 청결하던 사람이 하루 사이에 저토록 구겨지고 헝클어졌다는 게 믿어지지 않는다. 게다가 몇 발짝 떨어진 나한테까지 풍기는 술 냄새.

오빠가 공원 의자에 쓰러지듯 앉았다. 그리고 가까이 다가간 나를 멍하니 바라보았다. 마치 나사가 풀린 것 같은 표정이었다.

"내가 왜 여기 있지?"

어이가 없다.

"없어졌어……."

지갑을 잃어버렸다는 말인 줄 알았다. 그래서 픽 웃었다. 그런 애들한테 당해 놓고 겨우 지갑 걱정이나 하는 게 불쌍해서. 도대체 왜 여기서 이런 꼴을 당했는지 궁금하지만 묻지 않을 것이다. 나는 집을 나왔고, 그럴 수밖에 없도록 한 원인에 오빠가 있다. 이 상황도 심각하게 여길 필요 없다. 완벽한 성에 돌멩이 하나 던져진 정도일 테니까. 다만 엄마가 오빠의 꼴에 기절하는 모양을 못 보는 게 아쉬웠다.

"집에나 가셔."

오빠가 고개를 저었다.

"더 연체하면 안 되는데."

"뭘?"

"라마……. 반납일 지났어."

"라마? 라마와의 랑데부?"

오빠가 흥미로워했던 과학 소설. 그런데 이 상황에 책 이야기라니.

"생각이 안 나. 유라야. 나 뒤죽박죽이야."

멍한 표정이 너무 낯설어 좀 불안했다. 저런 표정은 정말 처음이다. 허접한 애들한테 당한 것보다, 그걸 하필이면 동생한테 들킨 것보다 반납할 책을 걱정하는 것도 이상했다. 아주 오랜만에 내 이름을 불러 준 것 역시 마음에 걸렸다. 얻어맞는 걸 보고도 비겁하게 도망친 게 미안해졌다.

"생각이 안 난다고? 뭐가?"

"아, 머리 아퍼……."

두통을 참기 어려운지 오빠 얼굴이 일그러졌다.

"오늘 며칠이지……."

"제대로 저기압이시군."

연체라니. 반납하지 못해 벌써 새 책을 사다 줬으면서. 미정이가 집에 왔다가 오빠 책상에서 그걸 가져갔다. 단지 오빠가 좋아하는 것 하나를 소유하고 싶어서 한 짓이었고 오빠가 방 안을 온통 뒤져도 나는 끝내 아는 척하지 않았었다. 결국 오빠는 책을 사다가 반납해야만 했고. 어쨌든 그건 지난주에 다 끝난 일이다.

"그 책을 또 대출했던 거야?"

"편지가 들어 있는데……."

"뭔 소린지."

오빠가 나를 보았다. 흰자위가 빨갛다. 아까부터 저랬나. 설마, 우는 건 아니겠지. 그건 정말로 봐줄 수 없다. 갑자기 오빠가 머리카락을 움켜쥐며 시선을 피했다. 그리고 혼잣말처럼 중얼거렸다.

"미안해."

웬 헛소리. 나는 시큰둥했다. 딱히 나한테 한 말 같지가 않아서였다. 재희가 떠올랐다. 그 책 속에 편지가 들었다고 해도 그건 내가 아니라 재희와 관계가 있을 것이다. 중학생도 여학생과 키스하고 술 마실 수 있지만 오빠가 그랬다는 건 꽤나 충격이다. 나와 별 차이가 없는 줄 알았는데 훨씬 성숙한 것 같기도 하고, 어쩐지 불결한 느낌도 들고.

오빠가 잠자코 걸어갔다. 단 한 번도 나를 돌아보지 않고. 큰길 사거리에서 그렇게 우리는 갈라졌다.

배도 안 고픈데 햄버거를 사서 가방에 넣고 에스컬레이터에 올랐다. 혼자 먹을 자신이 없어서였고 에스컬레이터가 보여서 그냥 탄 것이다. 꼭대기 층의 영화관에서 전광판의 영화 제목을 무심코 바라보다 할리우드 영화 표를 샀다. 지구의 운명은 이미 예정돼 있고 파멸을 피할 수 없다는 내용의 영화. 집중이 안 되었다. 내 신경은 온통 꺼 둔 휴대폰에 쏠려 있었다. 사라지기 위한 첫 번째 노력. 통화 단절. 멀리 가 버리는 거야.

영화관을 나오며 휴대폰 전원을 켤까 말까 고민했다. 미정이 전화가 와 있을 것만 같았다. 문자도 몇 건 와 있을 테고. 어쩌면 엄마도 전화했을지 모른다. 아빠도 어쩌면. 오늘은 일요일이고, 난 아침부터 나와서 어떤 연락도 안 했고, 전화기가 내내 꺼져 있었으니까. 오빠 때문에라도 엄마는 나를 찾을 것이다. 그리고 지금쯤은 뭔가 잘못됐다는 걸 감지했을 것이다.

서울역으로 갔다. 영화를 보며 생각해 낸 걸 실천하기로 했다. 기차로 최대한 멀리 가기. 가슴이 설레었다. 하지만 목적지가 없으니 표를 끊는 것부터가 문제였다. 줄에 섰다가 서너 번쯤 뒤로 물러났다. 그러다 어떤 아줌마가 '진주행'이라고 말하는 걸 듣고 결정했다. 진주라는 말이 마음에 들어서.

"진주행 몇 시요?"

매표원이 자판을 탁탁 두드리며 물었다.

"저, 거기까지 얼마나 걸려요?"

"새마을호랑 무궁화호가 조금 다른데, 대략 여섯 시간쯤 걸립니다."

“아, 네……..”

“몇 시, 어떤 기차요?”

매표원의 재촉에 가슴이 마구 뛰었다. 여섯 시간이 얼마큼의 시간인지 감이 안 잡혔다. 여기서도 똑똑지 못한 내가 확인되고 있는 것이다. 하루의 사 분의 일. 밤에 잠자는 시간 정도. 갑자기 머릿속으로 명쾌한 생각이 지나갔다.

“새벽에 도착하는 걸로요. 늦게 출발하고.”

그러면 기차 안에서 자게 될 것이다. 안전하게. 너무 일찍 도착하면 찜질방이라도 찾아가면 된다.

“몇 분이세요?”

“한 명요.”

혼자라서 의심받을까 봐 말끝을 흐렸는데 매표원은 무표정하게 요금을 말했고, 돈을 주자 표와 거스름돈을 밀어냈다. 그리고 바로 나를 무시하고 기계처럼 다음 사람에게 시선을 옮겼다.

진주행 무궁화호. 22시 52분 출발, 05시 13분 도착.

긴장이 돼서 표를 꼭 쥔 채 한참 동안 의자에 앉아 있었다. 출발 시간이 거의 11시다. 그 시간에 기차역에 있을 거라는 사실이 흥분되고 두려웠다. 갑자기 배가 고파져서 햄버거를 꾸역꾸역 먹었다. 미정이 생각이 났고 전화를 켜고 싶었다.

“안 돼. 걘 입이 싸.”

급히 먹은 탓인가 배가 더부룩해서 역사 안을 오락가락했다. 여섯 시간 이상 기다려야 한다는 게 아득했다. 상가를 구경하고 계단을 오르락내리락하고 주정꾼들이 싸우는 걸 먼발치에서 구경하기도 했다. 그러면서도 전화기를 계속 만지작거렸다. 시간은 지겹도록 더디 흐르고 갈등은 심해졌다.

기차표를 끊었으니 전화기를 켜도 될 것 같았다. 결국 켰다. 오랜 갈등에 비해 너무 쉽게 켜지는 전화.

"뭐야……."

너무 깨끗하다. 아무것도 없다. 문자도 부재중 전화도 전혀. 충격과 절망으로 눈물이 핑 돌았다. 분하고 서러워서 몸이 무너지는 것만 같았다. 계단 귀퉁이에 쭈그려 앉아 전화기를 확인하고 또 확인하다 무릎을 끌어안고 소리 죽여 울었다. 모두에게 내가 이토록 무관심한 존재라니. 이대로 사라진다고 한들 누가 알까.

"크윽, 언니야."

누군가 등을 쓰다듬는 바람에 소스라치게 놀라 일어났다. 한눈에도 노숙자로 보이는 남자가 끔찍한 냄새를 풍기며 씩 웃었다. 그는 혼자가 아니었다. 탐색하듯 살피는 남자들의 시선이 내게 박혀 있었다. 물러서려다 계단에 걸려 털썩 주저앉았는데 뒤에서 누가 어깨를 잡았다.

"악! 저리 가!"

비명을 지르며 도망쳤다. 키득거리는 소리가 소름 끼치게 뒤따라왔다. 온몸이 더러워진 기분. 어깨에 닿던 손길과 냄새 때문에 미칠 것만 같았다. 뒤도 안 돌아보고 전철에 올랐다. 아무 생각도 안 났다. 그저 출입문에 꼭 붙어서 유리창 너머를 바라보기만 했다.

한참 뒤에야 서울을 벗어났다는 걸 알았다. 어쨌든 집으로부터 멀어지고 있는 것이다. 슬프고 외로웠다. 종착역에서도 나는 혼자였다. 녹음기를 목에 걸고 찬송가를 들려주면서 구걸하던 눈먼 남자도 지팡이로 더듬으며 어디론가 가는데 나는 갈 곳이 없었다. 내가 이렇게 하찮아. 그래서 가엾어.

기차표를 꺼내 보았다. 눈물이 났다. 나를 이렇게 외면하는 가족과 친구들을 용서하고 싶지 않았다. 수첩 갈피에 기차표를 끼웠다. 이것은 영원히 여기에 남을 것이다.

어두워지는 플랫폼으로 전철이 들어왔다. 지친 사람들이 모두 내리고 잠시 눈을 감고 휴식하듯 라이트도 꺼졌다. 종착역은 시발역이었고 나는 거기에 맨 처음 탑승한 승객이었다. 문이 열린 상태라서 실내는 선득한 밤공기가 고스란히 들어와 추웠으나 덕분에 고여 있던 냄새가 빠져나가니 청량감마저 들었다.

텅 빈 전철 안. 지익. 폴라로이드 카메라가 내민 필름을 뚫어져라 들여다보았다. 하얗기만 하던 표면에 빈 의자들이 드러나기 시작했다. 목이 멨다. 외로움이 울컥 확인되는 이미지다. 피사체가 백지에 서서히 번져 선명해지는 특성 때문에 이 카메라가 좋았는데 오늘은 내가 어디에도 없다는 것만 확인한 셈이다.

한 시간쯤 걸려 도착한 환승역은 캄캄했다. 그러나 밤바람은 어느 때보다 차고 상쾌했다. 나는 지하철이 투명한 꼬리를 감추며 어둠 속으로 사라질 때까지 내내 바라보았다.

아파트 엘리베이터에서 내리다 낯선 아줌마와 부딪힐 뻔했다. 왠지 운 것 같은 얼굴. 느낌이 좋지 않았다. 심상치 않은 숨결을 남긴 채 아줌마가 엘리베이터에 올랐다. 분노와 슬픔이 뒤엉킨 듯한 아줌마의 감정이 전이됐는지 나는 불안하게 문 앞에 서 있다가 들어갔다.

가슴이 덜컥했다. 엄마가 거실에 무릎을 꿇고 있었다. 주먹을 꽉 쥐고 바닥을 짚은 채 고개를 떨어뜨린 모습이 너무 이상해서 나는 섣불리 안으로 들어서지도 못했다. 조금 전 아줌마가 우리 집에서 나갔다는 걸 직감했다.

"그만 일어나요."

아빠의 가라앉은 말투. 나의 부재를 알아채지도 못한 게 어이없다고 느낄 상황이 아니었다. 그 아줌마는 대체 누구고 엄마는 왜 저토록 비굴한 모양으로 몸을 떨고 있을까.

나는 고양이보다 더 조심스럽게 거실을 지났다. 아빠도 엄마도 그런 나에게 시선을 주지 않았다. 내 방으로 가려다 오빠의 방을 슬쩍 보았다. 책상에서 오빠는 뭔가에 집중해 있었다. 구부정한 등, 규칙적으로 움직이는 손.

탁 탁 탁⋯⋯.

만능 칼로 손가락 사이 찍기를 하고 있는 게 분명하다.

"일어나라니까."

아빠가 일으키려 하자 엄마가 거칠게 뿌리치며 악을 썼다.

"이건 헛소리야! 그걸 인정하면, 나더러, 죽 쒀서 개 주라는 거잖아!"

불안한 고요

뭔가 잘못되었다.

월요일 아침 7시. 엄마를 제외하고 모두 나갈 준비가 됐어야 할 시간이다. 그런데 오빠가 침대에서 막 기어 나온 몰골로 식탁에 앉았다. 게다가 삐딱하니 턱을 괴고, 왼손으로 식탁을 규칙적으로 두드려 대는 짓이라니.

전에 없던 버릇이다. 있었다 한들 적어도 드러난 행동은 아니었다. 새끼손가락부터 시작해 장지, 집게손가락으로 이어지는 손놀림도 불안한데 식탁 유리에 규칙적으로 떨어지는 손톱 장단이 마치 마른 대지를 달려가는 말발굽 소리 같아서 나는 신경과민에 걸릴 지경이었다. 저 정도 익숙한 손놀림이 그간 드러나지 않았다는 게 신기할 정도다. 더 신기한 건, 전 같으면 저따위 무례를 봐 넘길 리 없는 엄마 아빠가 잠자코 참아 내고 있다는 사실이다.

어제의 충격적인 장면이 착각으로 여겨질 만큼 엄마는 아무렇지도 않아 보였다. 아침 식탁도 다른 날처럼 조용히 시작됐다. 그러나 오빠의 자극적인 손놀림이 아니더라도 집안 분위기는 전과 사뭇 달랐고 이 변질의 원인은 분명하다. 오빠. 도대체 토요일에 무슨 일이 있었던 걸까.

"설마⋯⋯. 기우겠지만, 자초지종을 알아봐요."

더 참을 수 없다는 듯 아빠가 먼저 일어났다. 한 숟가락도 뜨지 않은 채였다. 자기 이야기인 줄 알 텐데도 오빠는 반응이 없었다.

"자초지종은 무슨. 그런 일 없어요."

엄마가 잘라 말했다. 듣고도 모르는 척하는 건지, 정말 못 들은 건지 이번에도 오빠는 반응하지 않았다.

뭐에 대한 '자초지종'과 '그런 일'일까. 내가 잠들었다 깬 밤사이에 또 무슨 일이 있었던 걸까. 궁금한 게 너무 많은데 아무것도 알려고 들 수가 없다. 대공원에서 입 맞추던 남학생이 정말 오빠였는지, 아빠가 어딜 갔었기에 교양을 중시하는 엄마가 아버지 노릇이나 잘하라고 비아냥거렸는지, 엄마가 왜 비굴하게 무릎 꿇고서 악을 썼는지, 오빠한테 무슨 일이 있었기에 두 분이 저런 대화를 주고받는지, 오빠는 대체 왜 저렇게 이상하게 구는지.

"신상연. 괜찮아. 그렇지?"

　진정하라는 명령처럼 엄마가 규칙적으로 움직이는 오빠의 손을 세게 잡아 눌렀다. 엄마의 그 말이 내게는 '도대체 무슨 일이니?' 하고 강력하게 따져 묻는 것처럼 들렸다. 그러나 오빠는 여기저기 상처가 난 손을 거두며 어색하게 웃었을 뿐이다. 마치 잘못하고 봐주기를 바라는 어린애처럼.

　'뭐야, 저 웃음은……. 바보 같잖아!'

　덜떨어진 것 같은 그 표정에 나도 모르게 찡그렸다.

　손가락의 선명한 상처들. 모든 면에서 우월한 오빠에게 전혀 어울리지 않는 게 바로 손이다. 만능 칼로 손가락 사이 찍기를 하다 생긴 상처들이 여기저기 나 있다. 피는 멎었지만 무척 아팠을 것 같다. 왜 그렇게 위험한 놀이에 집중하며 가끔씩 혼자 노는지 모르겠다. 부끄러운 짓을 들킨 사람처럼 상처 난 손을 거두어 가는 오빠를 보는데 갑자기 엘리베이터 앞에서 마주친 아줌마가 떠올랐다.

　"별일 없었던 거야. 그렇지?"

　상처 난 손을 다독거리며 엄마가 또 말했다. 평소처럼 낮고 부드러운 말이었는데 갑자기 오빠가 짜증스레 머리를 벅벅 긁었다. 엄마의 말이 몹시 불쾌하다는 반응인 것은 나도 알 수 있었다. 이런 제스처도 전에 없던 것이다.

　출근 준비를 마친 아빠가 이쪽을 잠시 보다가 말없이 나갔다. 항상 집보다 회사가 먼저라는 듯 행동해 온 분이기는 해도 오늘만큼은 아버지답지 못하게 중요한 문제로부터 도망친다는 느낌이 들었다. 부하 직원에게 명령하듯 문제를 알아보라는 말만 엄마에게 남기고.

어제저녁부터 지금까지 시간이 꽤 흘렀음에도 엄마 아빠가 뭘 확실히 아는 것 같지는 않다. 나야 그 아줌마가 정말 우리 집에 왔었던 건지, 왜 왔었는지조차도 모르지만.

"다녀오겠습니다."

달라진 오빠한테 호기심은 일지만 애써 감정을 누르고 있는 엄마 앞에서 계속 밥알을 깨작거릴 수는 없었다. 잠시 피한다고 해서 이 심상치 않은 공기의 정체를 내가 끝내 모르지는 않을 것이다.

오빠는 나보다 먼저 일어났어야 한다. 구김 없는 교복 차림으로 7시 반이면 정확히 나가던 사람이 삐딱하게 저러고 있으니 해가 서쪽에서 뜰 일이다. 조용히 사라지는 게 도와주는 일일 것 같아 잠자코 나가는데 엄마가 나를 보았다. 짜증과 분노를 간신히 참고 있는 얼굴. '내 아들은 이러고 있는데 넌 멀쩡히 학교에 가는구나.' 하고 말하고 싶은.

"신상연. 제발, 움직여!"

현관문이 쿵 닫혔다. 나도 모르게 한숨이 푹 나왔다. 불안하다. 오빠가 좀 이상할 뿐이고 무슨 사건이 벌어졌다는 손톱만 한 증거도 없지만 왠지 위험한 소용돌이가 다가오는 것만 같다. 복잡한 건 질색이다. 그저 이것이 민사고 입시에 따른 노력파 우등생의 스트레스 증상에 불과했으면.

하늘도 꾸물꾸물하고 습한 공기가 느껴지는 게 비가 오려나 보다. 우산을 못 챙긴 게 마음에 걸렸다. 그러나 집으로 돌아가고 싶은 생각이 눈곱만큼도 없다. 재활용품을 내다 버리는 사람들과 분류해 놓은 폐품들로 무질서한 아파트 모퉁이를 잰걸음으로 지나는데 아파트 경비원이 손짓으로 나를 불러 세웠다.

"이거, 버릴 거 아니지?"

경비원이 장정이 딱딱하고 얄팍한 책 한 권을 내밀었다. 오래된 책 냄새가 비위 상하기도 하고 후루룩 넘겨지는 종류도 아니라서 앞뒤만 보았다.

"시선?"

책 제목이 간단하다. 표지 하단이 맨발의 여자아이가 건조해 뵈는 풀밭에 모로 누워 있는 사진으로 디자인된 책인데 아이의 푸르스름한 눈이 하늘에 고정돼 있어 몽롱한 느낌을 주고 있었다. 안에 실린 사진들도 꽤 특이하고 매력적이었다. 사진작가가 '나비'였다. 가명이겠지만 아무래도 나비는 좀 이상하다. 뭐, 어쨌든 나비의 시선이라는 의미인데, 책날개의 작가 사진을 보니 분위기가 좀 그렇다. 뭐랄까. 사진작가치고는 다소 화려해 보이는. 작가라고 해서 죄다 칙칙한 분위기도 아닐 것이고 사진작가 분위기가 어때야 한다는 규정도 없지만 그래도 어쩐지 책날개의 사진이 모델처럼 꾸며졌다는 인상이다.

"어제 너희 집에서 나온 폐지에 끼어 있었는데 말야."

경비원이 책 아래에 붙은 딱지를 가리켰다. 시립 중앙 도서관의 바코드였다. 우리 가족이 대출한 게 맞을까. 본 적이 없는데. 아마도 경비원이 착각했나 보다.

"실수로 껴 나온 모양이다."

경비원이 일하러 가는 바람에 돌려줄 타이밍을 놓쳤다. 우리 집이 아니고 다른 집에서 잘못 내다 놓은 거라고 해도 도서관에 가져다주면 그만이다. 대출한 사람이 잠시 당황하겠지만 결국 반납된 사실을 알게 될 거고 대신 그렇게 해 준 사람에게 고마워할 것이다. 그런 사람이 바로 나라고 생각하니 기분이 나쁘지 않았다.

기어이 비가 내리기 시작했다. 최대한 비를 피하려고 교실까지 쉬지 않고 뛰었지만 머리카락이 젖어 볼썽사납게 뻗치고 말았다. 머리카락을 매만지고 있는데 미정이가 등을 탁 쳤다.

"기집애. 내 전화 씹었겠다."

어제 일이 떠올라 대꾸할 마음이 사라졌다. 내 가출은 결국 나 혼자만의 해프닝으로 끝나고 말았지만, 마지막 순간에 지독하게 나를 외롭게 만든 사람들 중에 미정이도 있다는 사실이 여전히 배신감으로 남아 있다. 그러나 엄밀히 말해 미정이는 나의 베스트 프렌드가 아니다. 내게는 애초부터 그런 게 없었고, 우리가 시도 때도 없이 문자를 주고받는 사이도 아니니 이런 기분도 착각이다.

"뭘 좀 하느라고."

"설마, 유학 준비?"

언제 왔는지 수지가 끼어들었다. 나는 잠자코 교과서를 꺼내고 재희 자리를 돌아보았다. 창가 쪽 맨 끝자리. 나도 큰 편이지만 재희는 나보다 더 크고 외톨이라서 맨 뒤에 혼자서 앉는다. 곧 수업 시작인데 아직 온 것 같지가 않다.

"유학 얘기는 언제 해 줄 건데?"

수지의 이죽거림을 미정이가 맞받아쳤다.

"애가 고분고분 잘도 말하시겠다."

"하긴, 신유라가 좀 비밀스럽지."

"그게 애네 집 분위기잖니. 신상연도 그래서 더 매력적이야."

"딱하다. 그런 타입은 연애랑 거리가 멀어."

"참견 마셔. 나도 네 타입엔 관심 없으니까."

오빠 이름에 가슴이 뜨끔했다. 미정이를 들뜨게 하는 신상연이 지금쯤 학교에는 왔을까. 왔을 것이다. 학교와 성적을 빼면 신상연이라고 할 수 없다.

"그 책, 어떻게 했어?"

"그 책? 어떤 거?"

"라마. 훔쳐 간 소설책."

"잘 모셔 두고 있지. 나중에 건수 만들어야 하니까. 근데 왜? 사다가 반납했다며. 설마, 내가 훔쳤다고 말했니?"

"아니."

다시 재희 자리를 돌아보았다. 여전히 비어 있다. 선생님이 들어와 출석을 다 부르도록 재희는 오지 않았다. 걔와는 단 한 번도 말을 나눠 보지 않았고 대공원에서 본 여학생이 걔였는지 아닌지 확실치 않은데도 이상하게 자꾸만 신경이 쓰였다.

"윤재희 결석이야? 왜 결석인지 아는 사람?"

잠시 조용.

"반 친구한테 관심 좀 가져라. 친한 사람 없어?"

그 말이 억울하다는 듯 누가 대꾸했다.

"걘 외계인이에요."

"그리고 우리보다 늙었어요!"

와아 터지는 웃음. 선생님까지 웃고 말았다. 재희는 우리에게 그런 존재였다. 다른 세계에서 잘못 떨어진 것 같은 애. 지금은 그냥 빈자리. 그 빈자리 밖으로 우중충한 바깥이 보였다. 시원하게도 못 내리고 그쳐 버린 비는 창문에 더러운 얼룩만 남기고 말았다.

말도 없이 한 정거장 앞서 내리자 미정이와 수지가 동시에 뭐라고 했다. 그 소리는 전철 소음에 섞여 버렸고 나는 뒤도 안 돌아보았다.

도서관부터 들르기로 했다. 학원 마치고 가면 도서관 업무 시간이 끝나 버린다. 출입문 옆에 자동 반납기가 있으니 사실 업무 시간 같은 건 상관없다. 학원에 늦더라도 이러자고 마음먹은 건 사진 집 때문만은 아니다. 아무 일 없었다는 듯 미정이나 수지와 어울려 다니기가 싫어서다. 아직은 내 기분에 충실하고 싶은데 마침 도서관에 갈 핑계가 생긴 거였다. 그리고 오빠가 『라마와의 랑데부』를 다시 대출했는지 궁금하기도 했다.

"나 참! 도서관 책을 내다 버려?"

책을 가져온 경위가 못마땅했는지 사서가 찡그리며 컴퓨터 기록을 조회했다. 처음 보는 얼굴이다. 할 말이 남았느냐는 표정으로 사서가 나를 보았다. 수고했다거나 고맙다는 말 따위를 기대하지는 않았으나 너무 사무적이라 속이 좀 꼬였다. 바람직한 일을 하고도 고귀한 도서관 책을 쓰레기와 구별도 못 하고 내다 버린 한심한 인간 취급을 당하다니.

"다른 사람이 뭘 대출했는지 알려 줄 수 있나요?"

사서가 그게 왜 궁금하냐는 듯 나를 보았다. 내가 생각해도 내 질문은 좀 이상했다. 변명처럼 말을 덧붙이다 보니 쓸데없는 참견을 하고 있다는 생각마저 들었다.

"오빠가 책을 반납하지 않았다고 걱정해서요. 내가 알기로는 분명히 반납했는데."

"그런데 왜 그걸 동생이 알아봐? 본인이 직접 해야지."

"지금 아파요."

여전히 사무적인 태도가 못마땅해서 나도 퉁명스레 꾸며 댔다.

"오빠 대출증은?"

"그건 없는데요."

"책 제목이……."

자판을 칠 자세로 사서가 나를 보았다. 혹시 다른 꿍꿍이가 있나 확인하고 싶은 눈길이었으나 궁금증을 푸는 대가쯤으로 무시하기로 했다.

내가 알려 준 제목을 쳐 넣고 나서 사서가 모니터를 잠시 들여다보았다. 그리고 먼저 처리한 사진집을 확인했다. 무슨 문제가 있는지 책과 모니터를 다시 확인.

"중앙 중학교 3학년, 신상연?"

"네."

"오빠한테, 도서관 책은 폐지가 아니라고 말해 줘라."

무슨 대답이 이렇담. 불쾌해서 그냥 나와 버리려고 했다. 도서관 홈페이지에 불친절한 사서로 민원을 넣고 말리라. 이름표를 보려고 고개를 돌렸는데 사서와 눈이 마주쳤다.

"『시선』은 신상연이 대출한 거야.『라마와의 랑데부』는 4월 10일에 들어왔어. 신상연이 대출한 적은 없고. 왜 그런 걱정을 하나 모르겠네."

머리가 뒤엉키는 느낌이었다. 오빠가 빌린 책이『시선』이고『라마와의 랑데부』는 빌린 적이 없다니.

"그럼 누가 빌렸어요?"

놀라 반사적으로 물었을 뿐인데 따지는 것처럼 느꼈는지 사서가 엉겁결에 대꾸했다.

"윤재희."

잘못 들은 줄 알았다. 순간 대공원에서 본 광경이 선명하게 되살아났다. 얼굴이 화끈했다. 그들은 신상연과 윤재희가 분명했던 거다. 뭐가 이렇게 뒤죽박죽일까. 재희가 빌린 책이 오빠한테 있었고, 오빠는 사진집을 빌렸고, 사진집은 폐지 더미에서 발견되고. 도대체 둘은 언제부터 그렇고 그런 사이가 됐을까.

"아, 머리 아퍼……."

황급히 도서관을 나와 의자에 주저앉았다. 하필이면 어제 오빠가 술 냄새를 풍기며 앉았던 의자였다. 여기서 오빠도 책이 없어졌다며 머리 아파했었다.

사진집을 오빠가 대출한 거야 별일 아니다. 무슨 책을 볼 것인가는 순전히 그 사람 마음이니까. 그걸 엄마가 버렸다고 해도 그렇게 이상할 거 없다. 누구나 실수할 수 있으니까. 하지만 오빠가 『라마와의 랑데부』에 대해 착각하는 건 이해할 수 없다. 그건 간단한 경우가 아니었다. 누가 빌렸든 어쨌거나 오빠는 책이 없어졌다고 침대 밑이며 내 방까지 뒤졌고, 더 연체할 수가 없다며 사다가 반납했다. 적어도 내가 알기로는 그렇다. 며칠이나 이어진 사건이었던 것이다. 그걸 어떻게 잊을 수 있을까.

나는 여전히 아무것도 알 수 없었다. 재희는 내내 결석 중. 오빠는 입을 다물어 버린 것도 모자라 방에 틀어박히곤 했다. 게다가 아빠는 장기 출장을 가 버렸다. 담임은 더 이상 재희의 결석을 입

에 올리지 않았고, 집에서는 대화를 엿들을 상황이 아예 안 되다
보니 모든 게 오리무중이었다. 그러나 학생의 연이은 결석을 거론
조차 안 하는 담임이나 오빠의 이상 행동을 견뎌 내는 엄마나 이
상하기는 마찬가지였다.

  모범생답게 늘 반듯하던 오빠의 행동은 확실히 우스워졌다. 마
치 틱 장애가 있는 사람처럼 턱관절을 부자연스럽게 움직이기도
하고, 입술에 자주 침을 묻히기도 하고, 시선을 자꾸 피하고, 무엇
에든 집중하지 못했다. 식탁에 앉자마자 손가락을 방정맞게 움직
여 대는 것은 여전히 나를 긴장시키기에 충분했다.

  엄마와 나는 그림자조차 겹치는 일 없이 지냈다. 나에게 어떤 것
도 설명하지 않는 사람들 때문에 숨 막히는 걸 견뎌야 하는 게 억
울해도 별수 없었다. 폭풍 전 고요라는 말에 딱 맞는 상황이지만
무슨 일이 터진다고 해도 냉정하게 따지면 나와는 직접적인 관계
가 없을 것이고, 공부에 취미가 있든 없든 내일부터 중간고사다.

  "이게 다 뭐냐고!"

  엄마의 비명 같은 소리에 나가 보았다. 오빠가 싸늘한 표정으로
내 곁을 지나쳐 자기 방에 들어가 버렸다. 문 잠그는 소리에 이어
가방 던지는 소리.

  엄마가 커다란 종이 봉지에서 끄집어낸 것을 보고는 나도 입이
벌어졌다. 싸구려처럼 보이는 현란한 옷가지들. 장식이 요란하고
악마적인 도안이 가득한 옷이 대여섯 가지는 됐다. 「다크 나이트」

에서 히스 레저가 했던 분장과 비슷한데 훨씬 더 사악한 느낌이 드는 것들이었다.

"학원 빠져나가서 한 짓이 고작 이거였어?"

도저히 참을 수 없다는 듯 벌떡 일어나 오빠의 방문 앞에 선 엄마. 그러나 잠시 부르르 떨었을 뿐이다. 엄마는 감정을 다스린 뒤에 방문을 노크했고 아무 응답이 없자 방문에 팔과 이마를 대고 한참 있었다. 우는 것일까. 중간에 나간 사실을 아는 걸 보니 이미 학원에서 전화가 왔던 모양이다.

"당장 치워라."

끔찍하다는 듯 엄마가 옷가지들을 발로 밀쳐 냈다. 나더러 치우라는 게 못마땅했지만 잠자코 봉지에 욱여넣어 베란다에 가져다 놓았다. 이런 걸 정말 입으려고 했을까. 아무튼 오빠가 이런 옷을 샀다는 건 신기하다. 그것도 학원을 땡땡이치고.

"아시잖아요. 한 시간이면 충분해요. 물론이죠."

누구랑 통화하는지 몰라도 조금도 흐트러지지 않은 말투. 놀라운 연기력이다. 내가 궁금해할 필요도 없었다. 오 분도 안 되어 수학 과외 선생이 집으로 왔다. 근처에 있었던 모양이다. 오빠가 들어올 때에 맞춰 엄마가 준비시켰겠지.

"중요한 때잖아요."

"그럼요. 너무 걱정 마세요."

과외 선생이 오빠의 방으로 들어갔다. 벌써 밤 11시가 넘었다.

학원을 땡땡이친 대가가 너무 크다. 쉬어야 할 시간에 특별 과외를 받아야 하는 오빠나 특별 비용을 지출해야 하는 엄마나. 하지만 그나마도 잘되지 않은 것 같다. 오래지 않아 오빠의 방문 열리는 소리가 났고 어렴풋이 '공부를 거부한다. 어제 가르친 것도 모른다.'는 말이 어렴풋이 들려왔다. 불길한 기운에 전염될세라 나는 이불을 머리끝까지 뒤집어쓰고 눈을 감았다.

시험은 그저 그랬다. 늘 어중간한 성적의 나로서는 특별히 어려울 것도 쉬울 것도 없었다. 그냥 시험이었다. 이번에도 미정이와 수지의 반응은 매 시간이 끝날 때마다 세상이 끝장나는 양 난리였다. 그걸 가만히 지켜보는 일도 꽤 재미있다. 그런 호들갑이 초등학교 때부터 조금도 달라지지 않았다는 사실을 둘은 전혀 모르는 것 같다.

"내가 미쳐! 공부한 게 하나도 안 나왔어!"

"시험 목적이 의심스럽지 않니? 문제를 그따위로 꼬아 놓는 건 틀리게끔 유도하는 거잖아."

"너, 나보다 잘 봤으면 절교야."

"흥! 남 말 하지 마셔."

전철에서도 둘은 시험 이야기뿐이었다. 거기에 낄 자신도 없지만 흥미도 없어 나는 잠자코 따라가기만 했다. 그런데 갑자기 신경이 곤두섰다.

‘아, 젠장!’

이경준. 남학생들 속에 그가 있었다. 가슴이 뜨끔하면서도 기분이 상했다. 찝찝하다. 저 많은 애들 속에서 개부터 알아볼 게 뭐람. 내 기분이 어떻든 그는 장난치고 떠드는 애들 속에서 단연 돋보였다. 깨끗하고 차분한 외모에다 늘 뭔가에 집중한 듯 골똘한 인상. 게다가 공부까지 잘하니 완벽 그 자체라고 할 만하다. 성적이야 오빠 다음이라지만 솔직히 이경준이 한 수 위로 보인다. 엄마로부터 최상의 과외 선생들을 지원받는 데다가 엄청 노력해서 상위권을 지켜 내는 오빠와는 근본적으로 다를 것 같다. 우등생이 오토바이 폭주까지 하는 경우는 드무니까. 철거 지역에서 그라피티를 찍다가 헬멧도 없이 오토바이를 타는 경준이를 본 뒤부터 그런 생각이 들었다. 우등생이 지저분한 다리 밑에서 껄렁한 애들과 어울린 건 지금도 이해가 안 되지만 오토바이 속도와 묘기는 놀라웠다. 그날 몰래 찍은 사진은 아직도 내 다이어리 속에 끼워져 있다.

학원 때문에 우리는 내렸고 이경준은 그대로 갔다. 전철 문이 닫히고 떠날 때까지 나는 눈길을 쉽게 거두지 못했다. 그가 내 쪽으로 고개조차 안 돌렸다는 게 되레 안심이 됐다. 그런 나 자신이 못마땅해서 운동화 코로 계단을 툭툭 차며 지하도를 올라왔다.

“어머. 윤재희네.”

편의점에서 프렌치커피를 계산하고 나오던 수지가 말했다. 나도 모르게 돌아보았다. 길 건너편의 말총머리 윤재희. 어떤 아줌마랑 함께였다.

"쟤 뭐니? 멀쩡하면서 시험도 안 보고."

"신경 꺼. 걔 인생이야."

미정이가 수지 팔을 잡아끌었다. 그리고 내게도 얼른 오라고 다 그쳤다. 나는 재희가 대형 상가 건물로 들어가는 걸 뚫어져라 보았다. 마음 같아서는 당장 길을 건너가고 싶었지만 안타깝게도 횡단보도가 없는 길이었다. 나는 머뭇거리다 지하도 계단을 달려 내려갔다. 미정이의 외침이 잠시 따라오다 사라졌다. 나도 내가 왜 이러는지 모르겠다. 그저 윤재희에게 가 봐야겠다는 생각만 들었다.

지하도를 달려 건너편 계단을 뛰어올랐으나 재희는 이미 보이지 않았다. 헉헉대며 건물로 들어갔지만 20층까지 상가로만 빼곡한 이곳에서 재희를 찾기란 거의 불가능했다. 1층에 있는 약국, 빵가게, 분식집, 수족관, 꽃집, 죽집 등등을 대충 기웃거렸다.

"도대체 어디로 갔지?"

벽에 가득한 상가 안내판을 보자 한숨이 나왔다. 너무 많아서 간판 읽기도 벅차다. 대충 구분하자면 5층 아래는 잡다한 상가이고 그 이상은 잡다한 병원들과 사무실이었다. 어쩐지 재희가 5층 이상으로 갔을 것 같은 예감이 들었다. 연이은 결석도 그렇고, 시험까지 못 칠 만한 이유라면 심각하게 아픈 것 말고는 이유가 없을 것이다. 하지만 자기 발로 멀쩡히 걷는 걸 이미 보지 않았는가.

"걜 만나서 뭘 어쩔 건데?"

나 자신이 또 한심해졌다. 길을 건너올 때만 해도 중요한 일이 있는 것 같았는데. 마침 미정이로부터 수업 시작한다는 문자가 왔다. 다시 학원으로 가는 발길이 무거웠다. 따지고 보면 나와 상관없는 일인데 어째서 내 속이 이렇듯 뒤숭숭한지.

집은 비어 있었고 고였던 공기 냄새가 텁텁했다. 엄마가 일찌감치 나갔는지 저녁을 준비한 흔적이 없었다. 학원 앞에서 저녁도 먹었고 딱히 배가 고픈 건 아닌데 허기졌다. 국 같은 것에 밥을 말아서 볼이 미어지게 먹고 싶었지만 밥이 없었다. 라면이라도 먹으려고 물을 올리는데 집 전화가 울렸다. 낯선 남자 목소리가 오빠를 찾았다.

"집에 없는데, 휴대폰으로 연락하세요."

낯선 목소리가 잠시 말을 끊었다가 천천히 말했다.

"일요일에 온다고 해서."

앞뒤를 잘라먹은 말이지만 따져 물을 수는 없었다.

"그렇게 전하면 되나요?"

"뭐, 안 와도 상관은 없는데."

또 침묵. 전화가 끊어졌나 싶었는데 낯선 목소리가 다시 말했다.

"전화받는 사람이 혹시……."

"동생이에요."

전화기 저쪽에서 "아," 하는 소리가 났던 것 같다. 전화기를 목에 끼우고 끓는 물에 라면을 넣느라고 저쪽에서 한 말을 제대로 듣지 못했다. 또 침묵.

"어디서 전화 왔었다고 할까요?"

"아……. 미리내 요양원."

전화가 끊겼다. 라면 때문에 무심코 받아넘겼는데 곰곰이 생각해 보니 이것도 좀 이상하다. 오빠가 요양원에 왜 간다고 했을까. 혹시 거기서도 봉사 활동을 하기로 했나. 오빠가 봉사 정신이 그렇게 투철한 사람인가.

현관문 열리는 소리가 났다. 벌써 11시가 훌쩍 넘었다. 엄마는 깃을 세운 흰색 셔츠와 타이트한 까만색 샤넬 라인 스커트 차림이었다. 그 차림이 엄마한테 가장 잘 어울린다는 건 인정한다. 이지적이지만 융통성 없어 보이는 고루한 패션. 뒤따라 들어온 오빠를 보니 엄마 패션의 의미가 더 정확해졌다. 어떤 문제도 용납하지 않는 사감 이미지.

"오늘은 푹 자. 엄마가 다 알아서 해."

엄마에게는 내가 없다. 나도 왔느냐 소리 따위 없이 라면을 꾸역꾸역 먹었다. 안방으로 가던 엄마가 우뚝 서더니 한심하다는 듯 나를 보았다.

"이 지독한 냄새가 너한테는 안 나니?"

아들 일은 다 알아서 해 주고 딸의 허기에 대해서는 인스턴트 음식 냄새보다 둔감한 엄마한테 두 손 들었다. 남은 라면을 개수대에 쏟아 버리고 길게 늘어진 라면 가닥 위에 냄비를 던지다시피 놓았다. 입맛이 떨어지고 나니 개수대로 흘러들다 만 라면 가닥들도 흉측해 보였다. 저걸 다 먹었으면 속이 뒤틀리고 말았을 거다.

오빠가 옷도 안 갈아입고 책상 앞에 멍하니 앉아 있었다. 내가 들어가 기척을 냈을 때서야 오빠가 교복 단추를 풀기 시작했다.

"어떤 남자가 전화했어. 오빠 찾던데."

손을 멈추고 나를 물끄러미 보다 고개를 돌리는 오빠.

"미리내 요양원이라던가?"

"무슨 일로?"

"거기 간다고 했다며."

다시 오빠가 나를 흘낏 보았다. 기막히게도 전혀 모른다는 표정이다.

"그런 적 없어."

"내가 유령과 통화했군."

"나가."

나는 어깨를 으쓱했다. 그쪽에서는 정확히 오빠 이름까지 알던데 오빠는 끝까지 모른다는 식이다. 어쩐지 정말 모르는 것 같다.

상처투성이 책상에 눈길이 멎었다. 손가락 사이 찍기로 인한 흔적들 중에 어제의 난도질이 아주 선명하게 눈에 띄었다. 주인을 잘못 만난 책상이 참 안됐다. 갑자기 생각이 났다.

"뭐야?"

문 앞에 선 나를 보고 오빠가 꺼지라는 듯 내뱉었다. 안방을 슬쩍 돌아보았다. 엄마는 아직 옷을 다 갈아입지 못한 모양이다.

"우리 반 윤재희 알아?"

오빠가 멈칫하더니 침대에 털썩 앉았다. 당황한 게 분명하다. 오빠는 갑자기 지나치리만치 세게 얼굴을 문질렀고 기묘하게 일그러진 얼굴에서 신음이 새어 나왔다. 재미있네. 나도 모르게 그런 생각이 들었다. 괴로워하는 표정을 지켜보고 있는데 안쓰럽기는커녕 더 확실한 걸 알아내고 싶었다. 나의 어디에 이런 잔인성이 숨어 있었을까.

"오늘 걔 봤는데, 병원 가는 것 같았어."

마치 무너지듯 오빠가 스르르 옆으로 누웠다. 그리고 엎드렸다. 꽤 오래 그러고 있는 데다가 머리가 파르르 떨리기까지 해서 겁이 더럭 났다. 병원 이야기는 꾸며 내지 말 걸 그랬다. 나는 조용히 문을 닫아 주고 고양이보다 더 가만가만 내 방으로 갔다. 엄마가 나오기 전에.

"시험 때는 그 정도 편의를 좀……."

교양 있는 말투와 달리 엄마의 표정은 가관이었다. 상대방의 이야기를 듣는 동안은 특히 미간이 신경질적으로 찌그러지는 데다 아랫입술까지 꽉 깨물곤 해서 우스워 보이기까지 했다.

"정말입니까? 아……. 원칙은 그렇지요."

엄마가 이쪽을 보았다. 오빠는 삐딱하니 앉아 손가락으로 말발굽 소리를 내는 중이고 나는 밥알을 깨작거리고 있었다.

전화기를 든 채 엄마가 베란다로 나갔다. 우리가 들으면 곤란한 이야기를 하려나 보다. 염려 안 하고 통화하도록 나는 화장실로 갔다.

일요일에는 오빠가 역 광장에서 노숙자들에게 식사를 배식하는 봉사 활동을 한다. 내가 알기로는 같이 다니는 그 잘난 우등생들이 다 거기서 앞치마를 두르고 불우한 이웃을 위해 기꺼이 밥을 퍼 주고 있다. 성적을 좋게 유지하는 또 하나의 과목이나 마찬가지니까. 하지만 지금은 시험 기간이고, 황금 같은 일요일을 그렇게 허비할 수 없다고 엄마가 판단한 것 같다.

지난 일주일 동안의 행동 때문에 엄마는 오빠의 시험 결과에 몹시 불안해하고 있었다. 봉사 활동도 중요하지만 지금은 성적 유지가 더 중요하다고 생각해서 나름대로 조치를 취하고 있는 것이다.

욕실에서 나오다 엄마와 맞닥뜨렸다. 아니, 엄마가 욕실 앞에서 나를 기다리고 있었던 게 분명하다.

"지금, 역 광장으로 가."

나는 얼른 알아듣지 못하고 엄마를 멍하니 보았다.

"김 실장이라는 사람한테, 신상연 대신 왔다고 해."

"대신?"

"그냥 그렇게만 하면 돼."

엄마를 무시하고 가려다 너무 화가 나서 휙 돌아섰다.

"날더러, 오빠 대신 봉사 활동 하라고?"

"지금 상황은 너도 대충 알잖니. 아프다고 해."

"말도 안 돼. 자기가 못 가면 그만이지! 난 시험 안 봐? 엄마는, 오빠 엄마이기만 해?"

나는 소파에 털썩 주저앉았다. 신경질적인 반응에 약간 놀란 듯했으나 엄마의 표정은 단호했다. 머리카락을 죄다 쥐어뜯고 싶은 충동이 일었다. 당연한 걸 요구하는 듯한 엄마 얼굴을 할퀴고 싶었다.

그때였다. 오빠가 두 손을 들더니 엄마를 향해 단호하게 말했다.

"말했죠! 나 포기해요. 여기까지예요!"

오빠가 방으로 들어가더니 문을 쾅 닫았다. 그리고 터져 나오는 비트 강한 음악 소리. 오빠의 방을 쏘아보았다. 뭘 다 포기한다는 걸까. 자기 때문에 내가 이 꼴인데 되레 큰소리라니.

오빠가 뭘 포기하든 그건 엄마한테 놀라운 일일 텐데 의외로 엄마는 담담했다. 마치 아무 말도 못 들은 사람처럼 굴었다.

"오빠 위해서 그것도 못 하니? 넌 아직 일 년이라도 남았잖아."

엄마는 분명히 알고 있다. 오빠가 두 손 들고서 포기하겠다는 게 뭔지. 그런데도 저토록 차분하니 정말 대단하다.

용납할 수 없는 상황이 너무 분해서 소름이 돋았다. 등에 닿던 노숙자의 끔찍한 손길이 생생하게 되살아났다. 이건 아니다. 이런 걸 요구하는 것도, 따르는 것도 미친 짓이다.

"내가 대역이야? 다른 사람 시간을 살게!"

"오버하지 마. 그저 가족을 좀 도와주는 거야."

"내 기분 같은 건 상관없어?"

"그만. 안 그래도 어수선하다."

엄마가 차분해지자 더 분했다. 오빠와 나를 대하는 감정이 이토록 다른 엄마 때문에 미쳐 버리겠다. 그러나 곧 이건 나와 무관하지 않다는 걸 직감했다. 지켜봐야 한다. 폴라로이드 카메라가 뱉어 낸 필름에 진실이 서서히 드러나듯 엄마의 저 위장된 안정은 오래 가지 않을 것이다. 닫혀 버린 방에서 울려 대는 비트 강한 음악 소리가 바로 오빠의 비명이기 때문이다.

"그럼 나한테 뭘 해 줄 건데? 대신 유학이라도 가 준대?"

"뭐?"

"나만 억울할 순 없잖아."

엄마의 사나운 눈초리. 할 말을 잊게 만드는 저 표정 앞에서는 내가 아무리 억울해도 도리가 없다. 그래도 견뎌야 한다.

"넌 지금이……."

벌레가 지나간 듯한 표정. 비틀린 억양에 순간 긴장했다. 뭐랄까. 그것에 대해 까맣게 잊었다는 반응 같기도 하고, 그런 걸 생각할 때가 아니라는 것 같기도 하고. 아무튼 내가 유학 가지 않을 수도 있다는 예감이 들었다. 내가 더 나은 카드를 가졌다는 느낌만으로도 냉정을 되찾을 수 있었다.

나를 역 광장으로 대신 내보내는 것으로는 해결되지 않는 문제가 또 있는지 엄마가 불안하게 중얼거렸다.

"어째서 다른 놈들은 멀쩡히 거길 갈 수가 있느냔 말이야."

그건 어금니로 짓이기는 듯한 말이었다.

부당한 요구를 당했는데도 집을 나서니 숨통이 트였다. 이 정도라도 나쁘지 않다. 공부에 취미가 있는 것도 아니고, 그런 분위기의 집도 싫고.

"봉사 활동은 내가 하고, 사인은 신상연으로? 오은주 여사. 어디, 해 보자구요. 어디까지 쇼하실 건지."

어이없는 일이지만 재미있을 것 같기도 하다. '다른 놈들'이라는 상스러운 말에서 마음이 움직였다. 사실은 그 말을 듣자마자 이경준부터 떠올랐지만 묘하게 들뜨는 이 기분이 결코 그 때문이라고 인정하기는 싫다. 유치한 감정 때문에 내가 고분고분 역 광장으로 가는 거라면 자존심이 너무 상한다. 오빠 문제가 뭐든 어쨌든 그 때문에 내 유학에 태클이 걸렸다는 직감이 나를 흥분시키는 거다. 그래, 그거다. 그렇게만 된다면 나는 몇 번이고 오빠 대신 역 광장에 나가서 불우한 노숙자들에게 밥을 퍼 줄 수 있다. 배우들이 말하는 대역 인생이란 것도 이런 게 아닐까. 다른 사람의 시간을 경험하는 것. 잠깐잠깐 그의 역할로 산다면 그것은 결국 누구의 인

생일까.

역 광장의 풍경은 생각만큼 우중충하지 않았다. 무료 급식 대상자들을 서울역에서 마주친 노숙자들로만 상상한 건 선입견이었다. 줄지어 선 사람들은 대부분 깔끔한 차림의 노인들이었다. 간혹 노숙자처럼 보이는 남자들이 섞여 있기는 했으나 그들조차 그리 끔찍해 보이지 않았다.

"나눔 푸드 뱅크. 뭐, 괜찮네."

오빠가 봉사 활동을 하기는 했던 모양이다. 단체 이름이 길게 적힌 천막 아래에 단조로운 탁자들이 놓이고 그 위에 커다란 음식 통들이 진열되는 중이었다. 봉사자들은 아직 준비가 덜 되었으나 끼니를 해결하기 위해 늘어선 줄은 어림잡아 백 미터가 넘었다.

탑차에서 물건을 내리고 있는 사람들 중에 깡마른 김민이 있었다. 오빠와는 초등학교 때부터 알고 지내서 나하고도 모르는 사이가 아니다. 앞치마를 막 두르고 있는 장우람도 보였다. 그러나 이경준은 눈에 띄지 않았다. 오빠까지 해서 이들 넷은 학교에서 모두가 알아주는 우등생들이다. 특수 목적 고등학교 입학이 유력하다고 떠받들어지는 학교의 자존심들. 대역이기는 해도 이들 속에 낀다는 건 흥미로운 일이 아닐 수 없다.

"저기, 잠깐만요."

전에는 반말하던 남자애한테 경어를 쓰자니 어색했다. 그러나 말조차 섞을 일 없이 지내던 사이에 김민이 고등학생처럼 크고 여드름까지 잔뜩 난 터라서 반말을 하는 건 좀 그랬다. 더구나 마치 낯선 사람을 대하듯 경계하는 표정이라 애초부터 그렇게 말 붙이기를 잘했다 싶었다.

"신상연 동생인데."

"아, 그래."

안다는 건지, 그러냐고 묻는 건지. 시큰둥하니 대답하고 하던 일을 계속하는 모습에 자존심이 상했다. 김민은 일이 좀 서툴러 보였다. 탁자에 반찬 통을 올려놓을 때도 기우뚱, 냅킨 다발을 떨어뜨리는가 하면, 부주의해서 다른 봉사자와 부딪히기도 했다. 내가 신경 쓰이나 싶어서 얼른 용건을 말했다.

"김 실장이라는 분을 찾는데."

"아, 그래."

아까와 같은 대답. 김민이 주전자를 턱 놓더니 주위를 둘러보다 어떤 남자를 가리켰다. 그 행동이 좀 과장돼서 우스워 보였다. 식판을 정리하고 있는 장우람 곁을 지나쳤다. 장우람은 나를 몰라도 나는 그를 안다. 전교 회장이라 교내 방송에 누구보다 자주 등장하기 때문이다.

김 실장이라는 사람에게 가면서도 주위를 둘러보게 됐다. 그런 나 자신이 못마땅해 머리를 쿡쿡 쥐어박았다. 그러다 김 실장 뒤에서 상자를 깔고 앉아 있는 이경준을 알아보았다. 가슴이 뜨끔했다. 용기가 필요했는데 마침 김 실장이 먼저 나를 보았다.

"신상연 대신 왔는데요."

갑자기 창피해졌다. 옳지 못한 일에 가담했다는 느낌 때문이었다. 이런 기분이 들 거라고는 상상 못 했다. 하필 이경준 앞에서 비굴하게 이따위 말을 하게 되다니. 신상연이라는 말에 이경준이 나를 똑바로 보는 바람에 더 죽을 맛이었다.

"사실, 원래 이러면 안 되는 건데, 아프다니 별수 없지. 어머니한테 찬조금 감사하다고 말씀드려."

역시 엄마다. 맨입으로 껄끄러운 일을 부탁했을 리 없다. 하지만 불온한 뒷거래로 인해 나는 더 당황스러웠다. 이경준이 고개를 갸웃하는 표정으로 나를 더 빤히 보았다. 정면으로 보지 않아도 그런 건 느껴지는 법이다. 내 이성과 상관없이 얼굴이 홧홧해져서 한시라도 빨리 이 자리를 벗어나고 싶었다.

"체크는 반드시 할 테니 걱정 말고, 저쪽으로 가서 좀 도와. 대신 왔어도 일은 해야지."

황급히 돌아섰다. 안도의 한숨. 여기를 벗어나고 싶지만 일을 거들어야 한다. 아는 사람도 없고, 할 줄 아는 것도 없어서 김민 옆으로 갔다. 그런데 김민이 나를 보자 또 덤벙대기 시작했다. 결국 국솥에 손을 데고야 말았다. 원래 이런 타입이었나 싶을 정도로 불안한 모습이었다.

내가 신상연 대신 왔다는 걸 알 텐데도 그들은 아무것도 묻지 않았다. 자기들끼리도 그다지 대화하는 것 같지 않아서 이들이 정말 생일 파티를 같이하고 하룻밤도 같이 보낼 만큼 친한 사이인가 의심스러웠다. 대역으로서의 세 시간. 나는 대사도 없는 엑스트라였다.

폭풍 전야는 일주일이 다였다. 일주일은 꽤나 긴 시간이지만 엄마에게는 영원히 지속되면 좋았을 짧은 시간, 마지막 안전지대 같은 거였다. 나의 불안한 고요가 깨진 건 수지가 물어 온 소문에서부터였다.

"우리만 몰랐나 봐. 재희가 폭행당했대!"

"설마! 언제? 저번에 봤을 때는 멀쩡했잖아."

"암튼. 소문이 짜해. 심각하대."

"진짜 맞았대? 누구한테?"

미정이 목소리가 커지자 수지가 입 다물라는 시늉을 했다. 그리고 발까지 구르며 호들갑스레 말했다. 결코 미정이보다 작은 소리가 아니었다.

"그거 아니고, 그거!"

"아, 짜증 나. 그거 뭐!"

"성폭행."

수지가 속삭였다. 악마의 속삭임처럼 머리를 순식간에 휘어잡아 버린 소리. 숨이 턱 막혔다. 뇌신경 하나가 끊어지기라도 한 듯 심한 두통이 일었다. 오빠가 떠올랐다. 아닐 것이다. 그럴 리 없다.

“뭐, 정말? 어떤 놈한테?”

수지가 미정이와 내 머리를 양손으로 감싸며 또 속삭였다.

“여러 놈.”

“오 마이 갓!”

미정이가 제 입을 막으며 비명 질렀다. 나는 비명도 지를 수 없었다. 가슴이 무섭게 뛰어 숨조차 편히 쉬어지지가 않았다. 무릎에서 힘이 빠져 휘청했지만 책상을 꽉 쥐고 가만히 있었다. 머릿속이 안개에 갇힌 것처럼 흐릿해져 정신을 가다듬어야만 했다.

이건 악몽이다. 침착하게 기다리면 곧 괜찮아질 것이다. 우리는 괜찮다.

괜찮아. 이건 엄마가 오빠의 상처 난 손을 다독이며 했던 말이다. 가슴이 울컥했다. 몸이 마구 떨리기 시작했다.

그 여럿이 누구였는지까지는 알려지지 않은 것 같다. 설마 그 속에 오빠가 끼었을까. 절대 아닐 것이다. 신상연의 일이라면 엄마가 일거수일투족 모르는 게 없다.

재희와 입 맞추던 오빠. 나도 모르게 신음하며 물러났다. 친구들이 내 표정을 읽어 낼까 봐 두려워 창가로 갔다. 일주일 내내 비어 있던 재희의 자리. 그때 차라리 눈을 감아 버릴걸. 잘못 본 거였으면 좋겠다. 그게 사실이라고 해도 내가 본 건 그게 전부다. 그건 이 일과 아무 상관 없을지도 모른다. 그런데 왜 이렇게 불안할까.

“아……..”

수지가 헛소리를 물어 왔다고, 내가 본 게 착각이었다고, 시간 지나면 괜찮아질 악몽이라고 부정할 일이 아닌 건 분명했다. 학교 운동장으로 경찰차가 들어오고 있었다.

먼지를 일으키며 운동장을 가로질러 온 경찰차. 호기심에 몰려드는 학생들을 가르며 거침없이 중앙 현관으로 향하는 남자를 뚫어져라 보는 동안 나는 미끈거리는 손을 계속 만지작거렸다. 적어도 이곳이 학생을 위한 공간이라는 사실이 무색하리만치 위압적인 출현이다. 나와는 상관없다는 걸 아는데도 진땀 배어난 온몸에 끈적거리는 바람이 들러붙는 기분이었다.

"경찰이잖아! 뭐야, 이 사태는?"

뒤따라온 수지가 호들갑스레 내 등을 두들겨 댔다. 한껏 높아진 목소리도 거슬렸지만 '이거 정말 굉장하지 않니?' 하는 듯한 표정은 정말 마주하기 싫었다. 소문이 사실이라는 증거다, 어떤 놈들인

지 금방 알겠네, 미성년자를 처벌할 수 있을까, 떠들어 대는 수지
와 미정이를 피해 창가를 떠났다.

다행히 경찰차에서 내린 사람이 제복 차림은 아니었다. 옷 따위
가 무슨 차이라고 별일 아닐 거라는 희망을 갖고 싶어졌다. 단축
번호 1번. 엄마가 전화를 받지 않는다. 3번. 신상연도 무응답.

"도대체 왜 안 받아."

하긴, 엄마한테든 오빠한테든 내가 먼저 전화한 적은 거의 없다.
휴대폰을 귀에 댄 채 교실을 빠져나오는데 수업 시작종이 울렸다.
떠들던 애들이 컴퓨터실로 뛰기 시작했지만 나는 3학년 교실이 있
는 아래층으로 달려 내려갔다. 마침 뒷문으로 막 들어가던 김민을
볼 수 있었다. 자기를 불러 세운 게 나라는 걸 알고 김민이 또 당황
했다.

"신상연 왔는지,"

말도 끝나기 전에 김민이 고개만 젓고 황급히 들어가 버렸다. 잠
깐이지만 여드름투성이 얼굴이 붉어지고 코를 쓱 훔치던 손도 살
짝 떨리는 게 눈에 잡혔다. 그는 이제 어렸을 때 개그맨 흉내를 내
며 웃기 잘하던 오빠 친구가 아닌 불안하고 꺼벙해 뵈는 남학생이
었다.

"수업 시간인데 왜 돌아다니냐."

복도에서 마주친 선생님이 한마디 하셨다. 나는 고개를 숙이고
종종걸음 치며 단축 번호 1번을 다시 눌렀다. 방에서 나오지 않으

려는 오빠와 등교시키려고 무진 애쓰던 엄마의 신경전이 떠올랐다. 김민에게 물어봤어야 했다. 그 토요일 밤에 정말로 생일 파티가 있었고 오빠가 거기 있었다는 것만 확인했으면 속이 이렇게 뒤숭숭하지 않을 텐데.

걸음이 뚝 멎었다. 굳은 얼굴로 교장실 문을 여는 아줌마. 틀림없이 저번에 엘리베이터 앞에서 마주친 아줌마였다. 재희 엄마라는 확신이 들었다. 이 모든 정황의 핵심에 오빠가 있다는 의심을 떨칠 수가 없었다. 컴퓨터실로 가면서 재발신을 눌렀는데 통화가 되는 순간 뚝 끊겼다. 맥이 탁 풀렸다. 불안한 희망에 종지부를 찍어 버리는 듯한 단절음에 마른침이 삼켜졌다. 엄마는 언제나 나를 이렇게 잘라 냈다. 피식 웃음이 나며 냉정해졌다.

"그래. 뭐, 내가 불안할 일 아니잖아."

신경 *끄자.* 무시하면 그만이다. 그런데 화가 난다. 솔직히 말하자면, 엄마가 된통 당하는 걸 한번쯤은 보고 싶다. 엄마의 공든 탑인 신상연에 대해서도 마찬가지.

"후우. 신유라. 뭔 일이 벌어졌든, 이건 다른 사람 문제야."

야단맞을 각오 하고 갔는데 선생님은 안 보이고 컴퓨터실이 난리법석이었다. 삼삼오오 모여서 쑥덕거리는 소리와 표정만으로도 심상치 않은 기류가 느껴졌다. 미정이와 수지는 내가 늦게 들어온 사실조차 모른 채 입씨름 중이었다.

"삼십 분 만에 리플이 줄줄이 달렸다잖아."

“도대체 누가 올렸을까?”

“난, 그걸 왜 삭제시켰느냐가 더 궁금해.”

“소문이 사실이면 쇼킹 그 자체야!”

“내 생각엔,”

수지가 눈을 가시처럼 뜨고 나와 미정이를 번갈아 보더니 우리 머리를 양팔로 끌어당기며 속삭였다.

“모든 사건의 근원지, 재호 패거리야.”

“재호?”

“유력한 용의자래.”

재호 패거리. 학교의 골칫거리들. 걔들이라면 어떤 문제든 일으킬 수 있다. 지난번에 도서관 뒤에서 오빠를 두들겨 패기도 했으니까. 그렇다면 안심이다. 그런데 언뜻 떠올랐다. 오빠의 지갑을 챙긴 애가 툭 던진 말. 그 자식 말은 너나 따르셔. 그때는 누군가 재호에게 이기죽거리는 말쯤으로 흘려들었는데 생각해 보니 영 개운치가 않은 발언이다. ‘그 자식’은 또 누굴까.

“진실을 위해 쓴 거라며. 걔들이 진실이 뭔 뜻인지 알기나 한대?”

“넌 문제아들이 머리까지 나쁜 줄 아니? 암튼 걔들은 전에 비슷한 일도 있었고, 아이피 추적에서도 걸렸다니까 혐의를 피할 수 없어.”

“칫, 아이피 추적도 예상 못 했으면 확실히 머리 나쁜 거지. 아냐. 진실을 위해서라는 말이 걔들하고 안 어울려.”

“같이 나쁜 짓은 했지만, 양심에 걸린 놈이 있었던 거지! 넌 어떻게 생각해?”

수지의 시선에 속이 뜨끔했다. 수지가 내 생각을 다 묻다니. 어지간히 답답하긴 한 모양이다. 하마터면 분위기 파악도 못 하고 게시판에 어떤 글이 올라왔는지 물을 뻔했다. 앞뒤에서 떠들어 대는 소리까지 짐작해 보면 게시판에서 삭제된 글이 있고, 반 애들 누구도 보지 못한 게 틀림없었다. 성폭행 소문의 근원지가 바로 게시판의 삭제된 글인 것도 분명했다. 이상한 것은 글에 실명이 거론되지 않았다는데도 피해자가 재희라고 알려졌다는 거다. 어이없게도 사건의 주범자는 그저 A, B, C, D일 뿐.

나는 ‘성폭력 근절을 위한 초청 강연회’ 창이 떠 있는 모니터를 잠시 보다가 이어폰으로 귀를 막았다.

“도도한 척은! 하여튼 기집애, 재수 없어.”

수지가 내 등을 탁 치고는 또 미정이와 떠들어 대기 시작했다. 이 중에 누구도 나만큼 이 문제에 촉각이 곤두설 수는 없다. 그래도 입 다물 것이다. 내가 지금 폴리스 라인의 맨 앞에 서 있는 기분이라는 걸 애들은 짐작도 못 하겠지.

선생님은 수업 시간이 끝나갈 무렵에야 컴퓨터실로 와서 학교 홈페이지에 대한 주의 사항만 강조했다. 엉뚱한 소문을 퍼뜨려 학교 이미지를 실추시키지 말라는 당부와 게시판에서 글을 삭제한

것은 내용이 사실무근이라 여럿을 보호하기 위한 조치였다는 설
명도 했다.

곧 무슨 일이라도 벌어질 것 같았으나 아무 일도 일어나지 않았
다. 경찰차는 먼지를 일으키며 돌아갔고, 여성학자의 초청 강연은
강당에서 예정대로 진행되었다. 여성학자는 다섯 살 때 성추행당
한 경험까지 덧붙이며 몸의 소중함을 강조해서 박수를 받았고, 학
생들은 강당을 나가며 위생 용품 회사에서 나눠 주는 선물을 받았
다. 선물로 받은 생리대로 구두를 닦은 여학생과 콘돔으로 풍선을
불어 날린 남학생 때문에 한차례 웃음이 터졌다. 급식으로 양념 통
닭까지 나와서 모든 게 괜찮았다. 여전히 몇몇이 모이기만 하면 소
문에 대해 쑥덕거렸으나 그것조차도 그들에게는 입이 심심치 않
게 해 주는 간식 같은 거였다.

서태지의 랩으로 귀를 막고도 나는 지칠 줄 모르고 소문을 증폭
시키고 각색해 가는 애들에게서 눈을 떼지 못했다. 비밀을 갖는다
는 것. 혼자만의 시간을 갖는다는 것. 이런 기분이구나. 여태까지
는 혼자가 두려웠다. 별로 내키지 않으면서도 수지나 미정이와 어
울린 건 다 그 때문이었다. 뭔가 알고 있으면서도 침묵하고 주변을
관찰하는 느낌이 묘하다. 비밀을 갖고 있으면 외롭지 않을 수도 있
구나.

사실은 내가 아는 것 자체가 나를 혼란스럽게 하고 있다. 누가
묻는다고 해도 설명하기 어려울 만큼. 내가 아는 건 파편적이고 어

쩌면 서로 상관이 없을지도 모른다. 그런데도 내 신경은 교묘하게 꿈틀거리고 있다. 오빠가 어떤 상태로든 가담됐을지 모른다는 생각을 떨칠 수가 없다. 내 감정은 불온하다. 소문만으로 흥분하는 애들에 비해 뭔가 더 알고 있다는 사실이 그리 나쁘지 않으니 말이다. 아는 것을 발설하지 않은 채 뜬소문에 휩쓸려 대는 이들을 관찰하는 쾌감. 요 며칠 사이에 나는 나 자신이 헐거운 조각 같다는 기분을 거의 느끼지 못했다.

간신히 논술 수업을 견뎌 내고 나왔을 때 주변은 깜깜했다. 도저히 영어 학원까지 갈 마음이 아니라 전철역으로 갔다. 그러나 선뜻 전철을 타지도 못하고 매캐한 지하 먼지를 마시며 의자에 앉아 있었다. 엘리베이터 앞에서 마주쳤던 아줌마와 교장실 문을 열던 아줌마. 뭘까. 무슨 연관일까. 내가 아는 것들의 중심에 뭐가 있을까. 좋지도 않은 내 머리에서 꿈틀거리는 파편들이 끊어진 선들의 전류가 서로 통하려고 미세한 파장을 일으키는 것처럼 나를 자극했다.

'그날 그 아줌마, 분명히 우리 집에 왔던 거야. 운 것 같았고. 엄마는 화가 났단 말이지. 아까는 좀 무서운 얼굴이었어. 싸우겠다는 결의 같은 게……. 오빠와 재희는 아는 사이야. 그건 확실해. 재희가 정말 당했을까? 너무 끔찍해. 그 토요일에? 신상연은 상관없을 거야. 엄마 꼭두각시에 공부밖에 모르는걸. 게다가 생일 파티에 갔다며. 그럼 아줌마가 왜 우리 집엘 찾아왔지? 오빤 분명히 친구들

하고 있었다는데. 설마, 재희도 같이? 그럴 리가!'

가슴이 두근거렸다. 그렇다면 앞뒤 이야기가 대충 맞는다. 하지만, 하지만 이건 아니다. 걔들이 성폭행 가해자라는 거니까. 신상연을 포함해서. 어지럽다. 만나면 안 될 전류들이 뒤엉켜 스파크를 일으킨 듯 머리가 뜨거워졌다. 숨을 크게 내쉬었다. 이건 어디까지나 추측이다. 그리 명석하지 못한 내 머리가 잘못 연결한 퍼즐. 도서관 뒤에서 린치를 당한 사람은 오빠뿐이었다.

전철이 들어온다는 신호에 무심코 고개를 돌렸는데 이경준이 눈에 들어왔다. 그는 좀 떨어진 의자에 앉아 휴대폰에 빠져 있었다. 꽤 오래 그러고 있었는지 옆에는 비닐 포장들이 벗겨져 있고 통신사의 종이 가방도 있었다. 나도 모르게 벌떡 일어나 안전선으로 갔다. 그러나 그는 나를 알아채지 못했고 전철을 탈 기미도 보이지 않았다. 그저 휴대폰에 빠져 있었다. 가까이 다가가도 고개조차 안 들었다.

"저기, 음."

헛기침을 하자 비로소 그가 나를 보았다. 역시 반듯하고 깨끗한 얼굴. 심장이 두근거리기 전에 나는 재빨리 말했다.

"물어볼 게 있는데."

뭐냐는 듯 경준이가 고개를 살짝 틀었다. 삐딱한 표정이 좀 비위 상했다. 저번에 같이 봉사 활동도 했는데 처음 본다는 듯 무시하는 표정. 나도 궁금한 것만 확인하고 싹 돌아설 작정이었다.

"4월 18일 토요일, 누구 생일 파티였다던데,"

갑자기 경준이가 벌떡 일어나더니 안전선으로 성큼성큼 걸어갔다. 그러더니 나를 쏘아보며 다시 돌아와 휴대폰 하나를 쓰레기통에 툭 던져 버렸다. 턱까지 쳐든 그 제스처가 마치 꺼지라는 태도 같아서 무지무지 기분이 상했다. 나는 기막혀하며 서 있었고 그는 막 도착한 전철을 타 버렸다. 불쾌한 바람과 소음을 남기며 전철이 사라져 갔다.

"나쁜 놈!"

의자에 털썩 주저앉는데 나도 모르게 이가 앙다물어졌다. 분을 삭이느라 큰 숨을 몇 차례나 쉬어야만 했다. 그러다 종이 가방과 비닐 포장에 눈길이 갔다. 새 휴대폰 포장 용기 바닥에 사용 설명서가 그대로 있고 휴대폰 고리처럼 매달게 돼 있는 충전용 젠더도 아직 뜯지 않은 채였다.

"쳇! 순 덜렁이잖아."

쓰레기통을 들여다보았다. 은빛 휴대폰이 커피 찌꺼기를 뒤집어쓰고 있었다. 언젠가 앙갚음을 한다면 그 얼굴을 꼭 저렇게 만들어 주고야 말 테다. 시건방진 경준이 태도가 나를 냉정하게 만들어 주었다. 말도 안 되는 추측보다 자존심 상하는 게 더 중요하다는 걸 몸이 더 잘 아는 것이다.

자기 휴대폰을 쓰레기통에 버리는 애는 처음 봤다. 오도카니 앉아 사람들이 뜸해질 때까지 기다렸다. 경준이의 휴대폰이 어떤지

궁금해서였다. 자존심을 생각해서라도 정말 그러면 안 되는 거였
는데 결국 휴대폰을 끄집어내고 말았다. 혹시 되돌아와 나를 본다
면 꼴이 우스울 터라 휴대폰을 휴지로 닦아서 잠시 옆에 두었다.
아니, 차라리 돌아오기 전에 살펴보고 다시 버리는 게 낫겠다 싶었
다. 버린 걸 끄집어냈을 때 이미 웃기는 짓을 저지른 거니까.

등록 후 사용하세요

　배터리는 남았으나 먹통 전화였다. 뜯지도 않은 젠더와 사용 설
명서가 있는 걸 보아 휴대폰을 막 바꾼 모양이었다. 이런 걸 혼자
알아서 해결했다고 생각하니 경준이가 또 달리 생각된다. 요즘은
기계를 거저 주기도 하지만 요금 때문에 휴대폰 교체 문제는 보통
어른이 간섭하기 마련이니까.
　연결 안 되는 전화는 무용지물이다. 쓰레기통에 던져 넣으려다
멈칫했다. 휴대폰을 바꾸었을 때 버려지는 휴대폰의 기록들은 어
떻게 되는지 궁금했다.
　통화 기록을 여는데 가슴이 두근거렸다. 남의 비밀을 훔쳐보는
기분.
　"아무것도 없네……."
　통화 기능이 없어질 때 자동으로 없어지는지 일부러 삭제했는
지 모르겠지만 허탈하게도 통화 기록이 없었다. 포토 앨범도 전화

번호부도 문자 기록도 마찬가지였다. 전철을 타고 집까지 오는 동안에도 이것저것 눌러 대며 내역을 확인했지만 신통한 게 없었다.

"쳇! 쓰레기였어."

탁 닫았는데 퍼뜩 생각나는 게 있어 다시 열었다. 엠피스리. 맙소사. 놀랍게도 음악이 열일곱 곡이나 들어 있었다. 보물이라도 찾은 듯 기분이 확 좋아졌다. 게다가 첫 곡이 서태지의 「모아이」라서 가슴이 미친 듯 두근거렸다.

"이건 이제부터 내 거야."

어차피 그는 이것을 버렸다. 하찮은 걸 손가락으로 퉁겨 버리듯. 「모아이」가 끝나기도 전에 배터리가 다 됐다는 신호가 와서 나는 안달이 났다. 배터리가 닳으면 그야말로 먹통일 수밖에 없는 물건이다. 듣지 못한 음악이 아직 열여섯 곡이나 남았는데. 엘리베이터에 오르며 나머지 기능들을 부지런히 눌러 댔다. '설정/데이터 초기화'라는 기능에서 고개를 갸웃했다.

"맞아. 이런 게 있잖아. 한꺼번에 지울 수도 있는데……."

생각해 보니 기록을 일일이 없애는 건 좀 미련한 방법이다. 그러나 한편 이해가 되기도 했다. 엄마가 내 일기장을 훔쳐보기 시작했다는 걸 알았을 때 나도 일기장을 그냥 없애지 않고 낱장으로 찢어 버렸었다. 추억을 확인하듯 하나하나 읽고서 찢을 때 복수하는 기분이었다. 그리고 다시는 엄마가 훔쳐볼 만한 걸 남기지 않고 있다. 어쩌면 경준이가 휴대폰 내역을 확인하며 삭제하는 중에 내가 말을 걸었는지도 모르겠다. 버린 걸 내가 주울 거라고는 생각 못했을 것이다. 오물 뒤집어쓴 것을 구질구질하게도.

"어?"

메모장에 암호 같은 글자들, 혹은 숫자들이 있었다. 봐도 알 수 없는 것인 데다가 나와 상관도 없지만 시선을 뗄 수가 없었다. 부지런히 움직이던 손가락이 멈칫했다.

"재희?"

머릿속에서 뚝 소리가 나는 듯했다. 전화번호 같은 숫자와 이름. 내가 아는 그 윤재희일까. 오빠가 아는 그 윤재희. 갑자기 열이 확 오르며 짜증이 났다. 그것은 더 이상 글자와 숫자가 아니었다. 이상하고 낯선 의문 부호였다. 도무지 둘 사이에 줄 긋기가 안 되는 충격 그 자체였다.

나는 잽싸게 번호를 외며 떨리는 손으로 내 휴대폰의 숫자를 눌러 저장했다. 더 이상의 경고도 없이 휴대폰 액정이 까매졌다. 아직 미온이 남아 있는, 마치 긴 침묵에 들어간 듯한 휴대폰을 물끄러미 들여다보며 엘리베이터에서 내렸다. 이걸 되살릴 수 없다는 게 너무나 아쉬웠다. 경준이의 메모장에 남아 있는 재희. 윤재희가 맞다면 이 은밀한 증거를 어떻게 받아들여야 할까. 교실에서는 고작 외계인이던 애가 학교의 최고 우등생 둘과 관계있다는 게 믿어지지 않는다. 또다시 뒤엉키는 머리. 한숨을 쉬며 벽에 기대는데 무슨 기적이 났다.

"유라야."

소스라치게 놀라 돌아보니 오빠가 어두운 계단에 앉아 있었다. 어디가 아픈 건지 힘들어서인지 머리를 벽에 기댄 비스듬한 자세였다. 야구 모자에 빈티지 옷차림. 재희에 대해 묻고 싶어서 계단 몇 개를 올랐지만 입이 떨어지지 않았다. 그러자면 경준이 휴대폰에 대해 먼저 말해야 한다.

"여기서 뭐 해?"

묵묵부답. 나는 헤벌어져 있는 종이 옷 가방을 건성으로 뒤적거렸다. 쇼핑 중독. 오빠가 보이는 이상 행동 중 또 하나가 동대문 시장에서 끌어들이는 현란한 옷가지들이다. 잘해야 한 번 입거나 쇼핑 봉투째 처박아 두기 일쑤인 것들. 셔츠 몇 장에 면바지, 운동화, 머플러까지. 이번에는 머리부터 발끝까지 흑백으로 맞출 자정이었던 모양인데 내 눈에는 유치해 보이기만 했다.

"오늘 며칠이지?"

기껏 한다는 대답이 너무 엉뚱했다. 그러나 목소리에 힘이 다 빠져서 가여울 정도였다.

"아, 내가 왜 이래……."

깍지 낀 손으로 머리를 감싸 무릎에 대며 오빠가 신음했다. 나는 오빠를 좋아한 적이 단 한 번도 없었다. 오빠도 그랬을 것이다. 우린 겉도는 이물질들이었다. 그런데 며칠 전부터 달라진 오빠가 나를 교란시키고 있다. 지금도 나를 부르는 목소리가 너무 절박해서 순간 가슴이 먹먹했다.

초인종을 누르려는데 오빠가 뭐라고 했다. 확실치 않지만 "들어가지 마."라고 했던 것 같다. 내가 멀뚱히 서 있자 오빠가 부스스 일어나더니 계단을 더 올라가 버렸다. 마치 어둠 속에 숨어 버리듯.

나는 잠시 문 앞에 서 있다가 초인종 대신 비밀번호를 눌렀다. 푸른빛의 번뜩임과 동시에 암호가 풀리는 소리. 문을 열자마자 안에 손님이 와 있다는 걸 느꼈다. 현관에 낯선 구두들이 흩어져 있고 안에서 심각한 말소리가 흘러나왔다.

"나중에 식사나 하자구요? 도대체 무슨 생각이래. 이 경황에 밥이라니. 정말, 그 말만 하고 끊어요?"

낯선 목소리. 잘못 들어왔다는 걸 직감했다. 그렇다고 나갈 수도 없어 나는 살그머니 벽에 붙어 섰다. 다행히 현관에서 거실까지는 거리가 좀 있고 중간에 문도 있는데 반쯤 열려 있었다.

"기가 막혀서 원! 왜 하필 우리 집에서……. 집만 안 비웠어도 그 불상사가 안 났을걸. 끔찍한 그 광경을 못 잊을 거예요."

"우람이 엄마. 신중해야 돼요. 잘못하다 덤터기 쓴다고요."

'우람이 엄마?'

지금 거실에 우등생들의 엄마들이 모여 있다. 이 특별한 손님들도 이상하지만 끔찍한 그 광경이란 구체적으로 뭘까 싶어 귀가 곤두섰다.

"끔찍한 광경이니 뭐니, 그런 말도 아예 꺼내지 말란 말예요. 애들 인생이 달렸다니까요!"

"누가 몰라요? 그러니 의논하자고 여길 왔죠. 상황을 알고 대책 세우자는 건데, 민이 어머닌 왜 자꾸 화부터 내요?"

"화 안 내게 생겼어요? 이렇게 중차대한 시기에 애들만 집에 두다니요. 스트레스로 시한폭탄 같은 애들인데. 어른들 없지, 집에 술 쌓였지, 거기다 그런 기집애까지!"

그런 기집애. 재희를 두고 하는 말이 분명했다. 소름이 쪽 돋았다. 내 짐작이 맞았다. 설마 했는데. 그들은 모두 우람이 집에 같이 있었던 거다. 그래서 재희가 내내 결석이고, 컴퓨터실에서 나온 소문이 차단되고, 선생님도 재희 결석을 언급하지 않았구나.

어째서 다른 놈들은 멀쩡히 거길 갈 수가 있느냔 말이야. 어금니로 짓이기듯 중얼거리던 엄마. 엄마는 다 알고 있었다. 밀찡히 봉사 활동하는 공범들이 엄마는 참을 수 없이 괘씸했던 거다. 다들 아무렇지도 않게 자기 궤도를 따라가는데 오빠만 이탈해 헤매고 있으니.

"이봐요. 민이 엄마. 그런 일 벌어진 게 지금 내 잘못이란 말이에요? 민이네는 집에 술 없어요? 사정이 생기면 집도 비울 수 있죠. 그런 것 때문에 일이 벌어졌다고 생각해요? 누구보다 우수하고 이성적인 애들이?"

"이성적인 애들이라고요? 겨우 열여섯 살짜리들이에요. 덩치만 큰 철부지들이라고요. 그러니 어른이 보호했어야 한다는 말이에요, 내 말은."

"민이 엄마는 어떤지 몰라도 나는 내 아들 믿어요. 틀림없이 우람이는 끝까지 말렸을 거예요. 아시다시피 책임감 하나는 알아주는 애니까요. 이 불상사의 원인은 재희라는 애가 생일 파티에 낀 거랑 밤새워 놀자고 부추긴 경준이한테 있다고요."

"하필 그따위 기집애가 우리 애들이랑 어울릴 게 뭐야! 유학 가서도 그런 일 당해 돌아왔다던데."

나는 신음이 새지 않게 입을 막고 가슴을 꼬옥 눌렀다. 재희가 유학을 중도 포기하고 돌아온 이유가 그런 것인 줄 몰랐다. 가엾다. 그런 일을 두 번이나 당했다니. 내가 그런 일을 당했다면 죽어 버렸을 것이다.

"도대체 걔가 어쩌다 낀 거예요?"

"우람이 말로는, 상연이 어렸을 때 친구였다던데. 걔가 오자마자 둘이 어울렸대요. 설마, 모르셨어요?"

재희와 신상연이 그런 사연이 있는 줄 몰랐다. 그런데 이쯤 돼서도 엄마나 경준이 엄마의 말이 없는 게 이상했다. 그러고 보니 엄마 구두를 빼면 낯선 구두가 둘뿐이다.

"상연이를 좀 단속하셨더라면."

"이제 그만하지요."

항의하는 듯한 민이 엄마의 말을 엄마가 차분하고 냉정하게 잘라 버렸다.

“경준 어머니가 연락 준다잖아요.”

“상연 엄마는 어째,”

“걱정 많으실 줄 알지만, 오래 듣기가 불쾌해서요. 딱히 우리 집에서 할 이야기도 아니고.”

고상하고 부드러운 소리에 새된 목소리가 파르르 달려들었다.

“누군 유쾌해서 이러고 있어요? 뉘앙스 참 이상하네. 상연 엄마, 지금 남 얘기 하세요?”

“내 아들은 상관없어요. 내가 알아요. 거기에 같이 있었는지는 몰라도, 상연이는 자기 영혼을 팔아먹을 짓 같은 건 안 했어요. 절대로.”

“영혼? 시 써요, 지금?”

“흥분은 금물이죠. 김사 집안에서 움직이는 세 이런 말씨름보나야 낫다는 말씀이에요. 설마, 애들을 다치게 하겠어요? 학교 입장도 그럴 테고요.”

“상연 엄마가 그런 입장이라면 내 아들도 마찬가지예요. 아, 그러네요. 괜히 흥분했어요. 그 기집애 횡설수설에다 소문뿐인 걸 가지고.”

“민이 엄마. 그렇지가 않대두요. 경찰이 학교까지 들어갔고, 내가 본 것도 있어요.”

“우람이 엄마! 설마 그걸 진술이라도 할 작정이에요?”

“무슨 그런. 만약을 위해 얘기는 맞춰야 할 테니.”

"때로는 진실보다 침묵이 더 중요하지요. 아, 오해는 마세요. 그저 참고하시라고요."

엄마 말이 끝나기도 전에 민이 엄마가 벌떡 일어났다.

"우람이 엄마. 더 얘기하지 맙시다. 다들 취해서 벌어진 일이고, 딱 누구 짓이라는 증거도 없어요. 상연 엄마 말마따나 경준이네 집 안을 믿어 보자고요."

나는 안절부절못했다. 아줌마들이 곧 나올 텐데. 이제 와서 안으로 들어갈 수도 밖으로 나갈 수도 없었다. 심장이 터져 버릴 듯 쿵쾅거리는데 기어이 깡마른 아줌마가 나오다 나를 보고 말았다. 놀라 휘둥그레진 눈으로 나를 빤히 보던 아줌마의 표정이 두려움으로 점차 바뀌었다. 저런 표정을 김민한테서 봤었다. 당황하고 꺼리던 눈빛 뒤에는 말 못 할 두려움이 있었던 거다. 곧이어 나오던 우람이 엄마도 나를 보고 입술을 깨물었고 구두를 신을 때는 허둥대느라 비틀거리기까지 했다.

"너,"

깡마른 아줌마가 나를 빤히 보았다. 함부로 떠벌리지 말라는 듯, 그걸 다짐이라도 받으려는 듯한 표정이었으나 끝내 더 말하지 못했다.

"안녕히 가세요……."

거의 입만 달싹였는데도 아줌마들은 나를 모자란 애 보듯 쏘아보고 나갔다. 나라고 인사하고 싶었을까. 숨어서 듣다 들킨 게 자존심 상하고 손님이 가는 상황이라 어쩔 수 없었을 뿐이지.

"싸이코 여편네. 소문대로야."

문은 닫혔으나 김민 엄마의 비아냥이 고스란히 들렸다. 엄마가 참 안됐다. 사이코로 소문나다니. 그 정도는 아닌 것 같은데.

"산망스러운 년."

싸늘한 소리가 내 목덜미를 잡아 돌렸다. 참 이상하다. 여태까지 떨리던 게 엄마를 확인하는 순간 빠르게 진정되었다. 아까와 사뭇 달라진 엄마 태도가 신기하기도 하고 김민 엄마의 비아냥까지 생각나 픽 웃었다. 방으로 가려는데 엄마가 어깨를 아프게 잡아 세웠다. 긴 손톱이 어깨에 박히는 순간 가슴이 찌르르하고 슬퍼졌다.

"너, 어디까지 들었니?"

나는 못 들은 척 거짓말을 할 수도 있었다. 순진히 엄마를 위해서. 생각해 보니 엿들은 내용이 그리 대단치도 않다. 빠뜨리지 않고 다 들었어도 진실이 뭔지 아직 모르겠으니까. 진실은 그 잘난 우등생들만 아는 게 분명하다. 어쨌든 나는 고분고분해지기가 싫었다.

"뭐, 거의 다."

"살쾡이처럼 숨어서, 내 체면을 잘도 뭉갰구나."

"놔! 너무 아프잖아."

손톱을 뿌리쳤다. 엄마가 모르는 것까지 알고 있노라 말하고 싶은 걸 겨우 참았다. 엄마를 노려보는데 눈에서 불이 나는 것 같았다. 그날 사자가 내 속으로 들어온 게 틀림없다.

"다 들었다니 하는 말인데, 너도 좀 도와야겠다."

소름이 쪽 돋았다. 도움 요청이지만 불온한 일일 것이 분명하다. 그런데도 내가 쥔 카드의 패가 점점 더 좋아지고 있는 것 같아 기분이 한결 누그러졌다. 나는 숨을 크게 들이마셨다가 천천히 내쉬었다.

"도대체 무슨 일이 벌어졌는지 말해 줄 수 있어?"

"다 들었다며. 별거 아냐."

설사 기절할 만한 사건이 벌어졌다고 해도 엄마가 내게 조곤조곤 말해 줄 리 없다. 나는 시큰둥하니 어깨를 으쓱했다.

"뭘 도와?"

그때 오빠가 들어왔다. 허접한 옷 보퉁이를 들고 서 있는 모양이 가엾을 만큼 초라했다.

"봉사 활동 계속 가. 상황이 나아질 때까지만. 그뿐이야."

"엄마!"

"엄마."

오빠와 내가 동시에 외쳤다. 엄마는 오빠에게는 손을 들어 보였고, 내게는 말해 보라는 표정을 지었다. 그러나 난 가만히 있었고 오빠가 단호하게 말했다.

"그러지 마요. 더는 엄마 뜻대로 안 돼."

"아니. 결석 문제도 해결됐고, 성적도 문제없어. 다 괜찮아. 달라지는 거 없어.”

“나는? 엄마는 내가 괜찮아 보여?”

“상연아. 넌 조금 지쳤을 뿐이야. 성적은 금방 원상 복귀돼.”

“아직도 뭐가 문제인지 모르시는군.”

이죽거리듯 오빠의 입꼬리가 비틀어졌다.

“문제없대도. 넌 지금까지 하던 대로만 해.”

“제발! 내 머리가 멎어 버렸어. 온몸이 토하고 싶어 한다고. 이
젠 암기도 지겹고, 어려워지는 수학 공식도 두려워. 과부하 상태
야! 내가 대단치 않다는 걸 엄마도 인정해요.”

“아니. 넌 대단해. 앞으로도 그럴 거야.”

“내 한계는 내가 알아. 여기까지야.”

“엄살 부리지 마.”

“이 껍데기, 쓰레기를 내버려 둬!”

오빠가 주먹으로 자기 가슴을 치며 버럭 소리 지르고는 방으로
갔다. 엄마가 당장 오빠를 잡았다. 그 말은 나에게도 충격이었다.
쓰레기라고 할 만큼 오빠 자신을 추락시킨 이유가 뭘까. 정말 오빠
도 그 사건의 가해자일까.

“말조심해. 아무 일도 없었잖아. 그렇게 믿어!”

“무슨 일? 뭘 그렇게 믿어?”

“생일 파티가 생각도 안 난다며. 넌 취해서 잠들었던 거야. 그러
니 괜찮아. 너는 안전해.”

“생일 파티? 누구 생일? 아, 머리 아퍼…….”

오빠 얼굴이 잔뜩 일그러졌다. 엄마가 무슨 말을 하는지 이해를 못 하는 표정이었다. 좀 멍청한 반응이었지만 거짓이 아닌 건 분명해 보였다. 엄마는 아니다. 아줌마들 앞에서는 시침 뗐으나 그날 무슨 일이 있었는지 다 알고, 그러면서도 모든 걸 덮으려고 한다. 엄마는 이해할 수 있다. 그걸 인정하면 엄마는 다 잃는 거니까. 늘 고상하려고 애쓰는 엄마 입에서 그렇게 상스러운 말이 튀어나온 건 정말 의외지만, 그러는 건 정말이지 엄마 말대로 죽 쒀서 개 주는 꼴밖에 안 되니까. 그건 아까 그 아줌마들도 마찬가지일 것이다. 도무지 모르겠는 건 오빠다. 어떻게 생일 파티까지 모른다는 표정이람.

“그래. 그날은 기억에서 아예 지워 버려. 그게 현명해.”

위로라도 하려는 듯 엄마가 팔을 벌리고 다가들자 오빠가 손을 들며 물러섰다.

“건드리지 마.”

“아들!”

나는 소파에 앉아 엄마와 오빠를 뚫어져라 보았다. 둘의 대화가 영 어긋나 있다. 아무래도 오빠가 이상하다. 정말로 생일 파티에 대한 건 잘 기억하지 못하는 것 같다. 너무 취하면 필름이 끊어진다더니 그 정도로 마셨던 걸까.

오빠는 방으로 갔고 문이 쾅 닫혔다. 때마침 집 전화가 울렸다.

엄마가 나를 보더니 눈도 깜짝이지 않고 말했다.

"더 망가지는 걸 어떻게 보겠니."

솔직히 엄마를 도와주고 싶은 생각은 없다. 오빠를 위해 뭘 하고 싶지도 않다. 내 마음이 움직이는 이유는 하나다. 이경준. 봉사 활동은 그를 가까이서 볼 수 있는 유일한 기회다.

"대신해 준 게 탄로 나면?"

"나머지는 어른들이 알아서 해."

"나도 조건이 있어."

엄마 표정이 냉정해졌다. 전화벨은 계속 울렸다.

"유학, 없던 걸로 분명히 해 줘. 내가 원할 때 보내준다고 약속해요."

뒷말은 솔직한 부탁이라 말꼬리를 조금 내렸다. 엄마가 나를 쏘아보았지만 괜찮았다. 결국 그러겠다고 했으니까. 공손한 내 태도가 마음에 들었던 모양이다. 유학을 꿈꾼 적은 없지만 나중에 가고 싶어질지도 모르니까 미리 약속을 받아 둬서 나쁠 건 없다.

뚜르르르.

엄마는 오빠의 방으로 가고 나는 계속 울려 대는 수화기를 집어 들었다.

"신상연 학생?"

상대방이 조심스레 물었다. 이 목소리. 저번에 미리내 요양원인가 하는 데라면서 오빠를 찾던 남자였다. 나는 닫혀 버린 오빠의 방문을 힐끗 보고 말했다.

"지금 전화받기 좀 어려운데요."

"전화받는 사람이……."

"동생이에요."

"유라구나……."

나는 찡그렸다. 나와 상대방이 거의 동시에 말을 해서 잘못 들었나 싶었다. 아니다. 상대방이 내 이름을 말한 걸 들은 듯하다. 방에서 나오던 엄마가 누구냐고 묻는 표정으로 다가왔다.

"미리내 요양원이라는데……."

엄마가 재빨리 전화기를 낚아챘다.

"여보세요."

신경질적인 목소리. 상대방이 끊어 버렸는지 엄마는 "여보세요."만 반복하다 수화기를 탁 놓았다. 옆에 있던 내가 움찔할 만큼 까칠한 태도였다. 슬그머니 방으로 가는 나에게 엄마가 명령했다.

"저따위 전화, 다시는 받지 마!"

    네 자리 전학생이 앉았어 너무 오래 비웠잖아

문자를 적고 한참 들여다보았다. 시간이 지나 액정이 까매졌다. 삭제. 재희 번호를 띄워 놓고 문자를 몇 번 시도했는데 한 번도 못 보냈다. 반 친구로서 잘 지내는지 궁금할 따름인데 쉽지가 않다.

재희라면 친구가 될 수 있을 것 같다. 그러나 재희는 내가 누구인지조차 모를 것이다. 그렇다고 신상연을 들먹이고 싶지는 않다.

"같이 들자."

어깨를 안듯이 잡으며 김민이 말했다. 그 손을 탁 뿌리치고 휴대폰을 주머니에 넣었다. 번호를 어떻게 알았는지 엊그제부터 김민이 껄렁한 문자를 보내기 시작했다. 전철 놓치는 걸 봤다는 둥, 땅꼬마가 많이도 컸다는 둥. 어렸을 때 작았던 것에 비하면 내가 좀 크기는 하다. 엄마도 아빠도 표준 키 정도인데 어떻게 된 게 나는 자고 나면 키가 늘어나는 것 같다. 내 키가 자기랑 무슨 상관이라고. 묻는 말에 어벙하게 굴던 애가 갑자기 친한 척 구는 게 내키지 않는다. 더구나 성폭행 가담자가. 진짜가 아닐지 모르지만 어쨌든 비위 상힌다.

"밥 맡을래, 국 맡을래?"

장난스레 주걱과 국자를 들고 김민이 물었다. 뭘 맡든 그와 나란히 서 있어야 한다. 차라리 무거운 식판을 맡는 게 낫겠다 싶어 자리를 옮겼더니 반찬 담당 경준이 옆이다. 자꾸 걸려 오는 전화 때문에 경준이 쪽은 일이 더뎠다. 흔해 빠진 장식 하나 매달리지 않은 경준이의 휴대폰이 눈에 들어왔다. 새 휴대폰이지만 충전용 젠더가 없어 비상시에 어려움 겪기를 나는 간절히 소망한다. 그 젠더는 지금 내 휴대폰에 매달려 있다.

히죽거리며 눈길 보내는 김민도 못마땅하고 묵묵히 맡은 일을 해내는 우람이와 경준이도 거슬려 죽겠다. 이틀째 방에 틀어박혀 인터넷 게임만 하고 있는 신상연 때문이다. 귀도 입도 막아 버린 듯 엄마의 어떤 요구도 오빠에게 통하지 않고 있다. 그날 어떤 일이 있었기에 혼자서만 망가지는지. 이들은 이토록 멀쩡한데.

이번 일로 의심받는 건 재호다. 이 잘난 우등생들과 같이 생일 파티를 할 리도 없는 애가 처벌 대상이라는 것이다. 혹시 재호가 책임질 일을 저질렀다 쳐도 이 우등생들의 혐의는 명백하다. 오빠를 포함해서. 그날 엿들은 아줌마들의 대화가 잊히지 않는다. 재희와 우등생들은 다 같이 있었던 게 분명하고 우람이 엄마는 아주 끔찍한 광경을 봤다고 했다. 그런데 엉뚱하게도 재호가 들먹여지더니 소문조차 잠잠해지고 있다. 이상해진 사람은 오빠뿐이다. 오빠는 점점 더 비이성적으로 바뀌고 생활이 송두리째 뒤흔들려 버렸고 몹시 아파 보인다. 특히 검붉은 상처투성이 왼손. 푸르딩딩하게 부어오른 왼손을 보면 죽은피가 터질 것만 같다.

학교를 들쑤시던 소문은 이제 비행 청소년들이 저지르는 흔한 일처럼 여겨지고 있다. 걔들이야 패싸움에 음주 문제를 심심찮게 일으켰으니까. 거기에 성폭행이 보태지고 학교 홈페이지에 불미스러운 흠집까지 내는 바람에 특히 재호는 퇴학 처분이 불가피할 거라고 한다. 표면상으로는 불미스러운 사건이 정리돼 가고 있는 것이다.

"야, 조심해!"

와장창창!

부딪혀 휘청하는 바람에 식판을 놓치고 말았다. 바쁘게 움직이던 봉사자들과 배식 기다리던 사람들의 시선이 일제히 쏟아졌다. 식판에 가슴을 아프게 부딪친 데다 길바닥에 쏟아진 식판들을 보니 도망치고만 싶었다. 그런데 이 지경을 만든 경준이가 반찬통을 든 채 나무라듯 내려다보고만 있어서 화가 치밀었다. 화나는데 눈물까지 핑 돌아서 자존심이 너무 상했다. 저따위 때문에 이 고생을 허락하다니 바보 멍청이가 따로 없다.

"너는 눈 없니?"

앙칼지게 쏘아붙이자 경준이가 순간 멍해졌다. 이내 상기되며 찡그리는 꼴이 누구한테서도 그런 말은 못 들어 본 모양이었다. 안 그래도 진작부터 경준이를 같이 무시해 주기로 단단히 마음먹고 있었다. 실장님이 달려와 경준이를 밀어 보냈고 식판을 재빨리 모았다.

"조심하지, 이게 뭐야! 시간 없으니까 얼른 씻어다 놔."

"정수기 물로 씻어도 돼요?"

"이놈아. 설거지로 써 버리면 뭘 마시게?"

"그럼 어디서 씻으라구요……."

나는 부루퉁하니 옷을 털면서도 경준이 쪽을 보았다. 손을 허리에 걸치고 뻣뻣이 선 뒤태를 보아하니 어지간히 화난 것 같다. 내가 딴생각에 조심하지 못한 건 맞다. 반찬통보다야 식판이 떨어진 게 다행이기도 하다. 그러나 그렇게 쏘아붙인 건 다시 생각해도 참 잘했다. 식판을 죄다 씻어야 한대도 말이다.

"배식해야 되니까 십 분 안에 해결해!"

나는 우거지상을 하고서 근처 가게들을 기웃거리며 돌아다녔다. 음식점은 많아도 주방을 쓰게 해 주려는 데는 없었다. 이리저리 뛰어다니다 다행히 뒷골목에서 분식집을 찾아냈다. 물값을 톡톡히 지불하는 조건이었지만 식판을 씻게 돼서 천만다행이었다.

"나쁜 자식. 그 잘난 척 언제까지 가나 보자."

웃옷 앞자락이며 신발까지 다 적시며 설거지를 마쳤다. 이런 일이 서툴기도 하고 배식에 늦을까 봐 조바심을 낸 탓도 있었다. 물기 빼느라 식판을 잠시 기울이는데 맞은편 탁자에서 심재호가 김밥을 먹고 있는 게 보였다. 굶주린 듯 볼이 미어져라 아귀아귀 밀어 넣으면서 통화까지 하는 중이었다. 혼자였다. 나는 슬그머니 돌아섰다.

"이번에도 까면 재미없어. 잠깐 거기로 와."

침을 퉤 뱉는 모양이 기분이 영 별로인 것 같다. 나는 힘주어 식판을 가슴에 안았다. 심재호가 나처럼 존재감 없는 애를 알 리 없지만 나는 다르다. 심재호 같은 애는 이름만으로도 사람 기를 죽인다. 게다가 오빠를 구타하는 장면까지 보지 않았는가.

"이건 아니지. 퇴학? 울 엄마 죽어, 씨발."

가슴이 철렁해서 식판에 얼굴을 붙이다시피 하고 분식집을 빠져나왔다. 뒤통수를 한 대 맞은 것 같은 이 기분은 뭘까. 욕 때문은 아니다. 누군가에게 화를 내고 있다. 엄마를 걱정하며. 퇴학 맞을까 봐.

‘저런 애가. 의외인데.’

무겁고 물기 흐르는 걸 들고 가느라 힘이 좀 들었다. 그런데 경준이가 다가오고 있어 더 긴장이 됐다. 부딪힌 게 미안해서 도와주려나 싶었는데 어이없게도 내 쪽은 아예 보지도 않고 오토바이를 타고 가 버렸다. 요즘에도 오토바이를 타는 줄 몰랐다.

“쟤 뭐야……”

식판의 물기를 닦으며 경준이가 사라져 버린 쪽을 힐끔거렸다. 심부름을 간 것 같지는 않다. 설마 일하다 말고 도망이라도 친 걸까.

“경준이는 왜 안 보여?”

실장님이 노숙자들에게 두부조림과 깍두기를 담아 주며 연신 두리번거렸다. 혼자서 반찬 두 가지를 담당하기는 벅차다. 하필이면 학생 멤버 중 둘이나 빠진 날이고 노숙자들이 다른 날보다 더 몰렸는데 경준이마저 없어져서 실장님 안색이 굳어지고 있었다. 이제 나타난다고 해도 야단을 피할 수 없을 테니 아주 쌤통이다.

“유라야. 여기 네가 맡아라.”

실장님 손짓에 입이 쑥 나왔다. 나는 깍두기도 싫고 경준이 일을 대신하는 건 더더욱 싫지만 별수 없었다.

식판을 맡았으니 오늘은 맨 나중까지 일해야 한다. 탑차를 타고 반찬 공장까지 가서 식기를 세척하기 때문이다. 김민 덕분에 오지게 고생하게 된 것도 유쾌하지 않은데 경준이 대신 깍두기 배식이라니. 재수 옴팡지게 없는 날이다.

'개똥 같은 자식. 지가 뭔데 날 자꾸만 힘들게 해! 무시하고, 아프게 하고. 이따위 노릇 다시는 안 해. 내가 웃긴 거지. 그런 자식 땜에 마음이나 아프고……'

눈물이 또 나오려고 해서 고개를 저었다. 그리고 열심히 깍두기를 퍼 주었다. 마늘 냄새와 고춧가루 냄새에 질려 속이 울렁거릴 때까지. 경준이는 배식이 다 끝나고 탑차가 떠날 때까지 나타나지 않았다.

"신유라, 어서 타. 경준이 찾아서 뒷정리 돕게 할 테니까 너무 억울해하지 마라. 에잇, 봉사 정신도 없는 애들을……."

실장님이 자동차 문을 거칠게 닫았다. 안 그래도 불쾌한 터에 얼어 죽을 스펙이니, 썩은 교육 정책이니 하며 구시렁대는 실장님 때문에 짜증이 더해졌다. 시원찮은 에어컨마저 견뎌야 하는 상황. 반찬 공장이 멀지 않은 게 그나마 다행이었다.

"엄마 때문에 네가 고생이다."

실장님이 내 어깨를 툭툭 쳐 주고 사무실로 갔다. 얼굴이 화끈했다. 이건 위로도 동정도 아니다. 문제 있는 엄마에 멍청한 딸이라는 얘기로밖에 안 들린다. 정말이지 이따위 요구는 들어주는 게 아니었다.

너무 지치는 날이었다. 식기 세척기가 돌아가는 동안만이라도 쉬고 싶어서 조리실 뒤편으로 갔다. 다른 사람들도 일이 덜 끝난 상태라 가능하면 눈에 띄지 않아야 했다. 빨래 건조대 뒤에서 다리를 뻗고 벽에 기대앉았다. 그늘도 있고 널어놓은 앞치마가 가려 주기까지 해서 조용히 쉬기에 딱 좋은 곳이었다.

'오늘로 끝이야. 신유라. 정신 차리자. 그런 놈, 관심 뚝 끊어 버려. 자존심을 지키는 거야. 쳐다보지도 말고…….'

날이 너무 더웠다. 일이 끝나면 수영장에 가야지 생각했다. 그리고 정말 수영장에 갔다. 그런데 물이 미지근해서 아무리 물속을 헤엄쳐도 덥고 끈적거리기만 했다. 머리카락이 목덜미에 휘감겨 짜증스러운 데다 너무 가까이서 누가 두런두런 떠들기까지 했다.

"짜샤. 겨우 여기로 도망쳐? 너 어디로 튈지, 내가 모르냐?"

"도망? 꺼져. 일해야 돼."

끈적거리는 목을 쓰다듬다 잠이 깼다.

"너, 솔직히 불어. 개 엄마도 나도 아무리 우겨 봤자 달라지는 거 있어? 씨발, 그래. 네 할아버지 대단하지. 교장도 경찰도 다 막았으니까. 네 할아버지한테만이라도 제대로 까발리란 말야."

빨래 건조대 밑으로 보이는 다리 네 개. 그리고 오토바이. 정신이 확 들었다.

"너 같은 놈이 친구라는 게 참 좋았어. 너 대신 싸우는 거, 누구 패 주는 거, 뭐 괜찮아. 까짓 정학쯤 얼마든지. 그래도 이건 아냐."

"정학이나 퇴학이나."

"퇴학이 다가 아니잖아? 소년원 말이 왜 나오는데? 그렇게만 해 봐. 너, 걔가 신고할까 봐 패라고 했지?"

"난 패라고 한 적 없다."

머리가 쭈뼛했다. 심재호와 이경준. 분식집에서 심재호가 통화하던 사람이 경준이였던가 보다. 그리고 왠지 이건 오빠 신상연에 대한 말처럼 들린다.

"하아, 이제 대놓고 발뺌하시겠다? 내가 이런 거 좀 아는데 말야, 그 범생이 자식은 아무 짓 안 했어. 니들 짓이지!"

"오토바이 가져."

중얼거리듯 내뱉은 말. 심재호가 피식 웃을 때 문득 휴대폰 생각이 났다. 나를 삐딱하게 쳐다보며 손가락으로 퉁겨 버리듯 휴대폰을 쓰레기통에 버리던 모습. 아마 지금도 그런 표정이겠지. 침까지 퉤퉤 뱉어 가며 흥분하는 심재호에게 기죽지 않고 저토록 냉정을 잃지 않는 애니까.

나는 떨리는 몸을 최대한 웅크렸다. 가슴이 떨리고 눈물이 자꾸 비어져 나오는 걸 절대로 들키고 싶지 않았다. 소문이 사실인가 보다. 배경 좋은 경준이 할아버지가 사건이 알려지는 걸 막은 모양이다. 문제아에게 덤터기 씌워서. 다행스럽게도 오빠는 결백한 것 같다. 그런데 왜 속이 상하고 눈물이 나는지. 심재호 뒤에는 경준이가 있었다. 기막히게도, '니들 짓이지!'라는 비아냥에 반박도 없다.

"새꺄! 울 엄마 죽는대도. 경고하는데, 여기서 막아. 나더러 옴팡 뒤집어쓰고 소년원 가라고? 그럴 순 없지! 나도 울 엄마한텐 아까운 놈이야."

"경고라고 했냐?"

경준이 말투는 여전히 냉정했다. 비웃음이 섞여 있는 차분한 반응. 나는 눈물을 훔치고 이를 앙다물었다. 수지 말대로 모든 문제의 근원지, 웬만하면 다들 눈조차 마주치기 싫어하는 심재호보다 경준이가 한 수 위인 게 분명하다.

"우리 친구잖아. 나처럼, 너도 나 지켜."

심재호 말이 오토바이 시동 거는 소리에 묻혔다. 매연과 굉음만 남기고 오토바이가 떠났지만 나는 무릎을 끌어안은 채 꼼짝도 못 했다. 너무 많이 알아 버렸다. 나는 이 사건과 아무 상관이 없는데 완전하게 휘말려 버린 기분이다. 모래 구덩이를 구경하다가 나도 모르게 서서히 빠져든 것처럼.

전혀 어울리지 않는 둘이 친구였다니. 재개발 지역으로 그라피티 찍으러 갔을 때 경준이가 어울린 애들이 심재호 패거리였던가 보다. 다리 밑에서 오토바이 묘기를 부리고 거친 애들과 장난치던 모습이 모범생이기만 한 오빠와 너무 달라서 마음이 끌렸던 건데. 소름 끼치고 끔찍하다.

오빠의 상처투성이 손이 생각났다. 집에 가고 싶다. 오늘만큼은 오빠와 이야기를 나눠 보고 싶다.

"엄마. 그 자식, 더 건드리지 마. 할아버지 화난 거 아는데……."

텁텁한 공기가 움직인다고 느낀 순간, 경준이의 통화도 뚝 끊겼다. 바람이 분 것이다. 건조대의 빨래가 휘익 건드려졌을 때 나는 심장이 얼어붙는 것 같았다.

"아……."

경준이가 짧게 신음하며 휴대폰을 내렸다. 나는 재빨리 일어섰다. 당장 피하고 싶었는데 너무 오래 앉아 있어서 다리가 휘청했다. 경준이가 내 팔을 꽉 잡았다. 그 손을 뿌리치기 위해 나는 악을 써야만 했다.

"너, 진짜 나쁜 놈이야!"

4

아이들 장난

놀란 경준이가 양손을 들며 물러났다. 얼굴이 아주 굳어 버렸다. 이번에야말로 그의 시선이 내게 온전히 박혀 버렸다. 전혀 예상 못했던 상황인 것은 그도 마찬가지였던 것이다.

화가 치밀어서 그 시선이 무슨 생각을 담고 있는지 나는 가늠하지 못했다. 부들부들 떨며 쏘아보다 기어이 눈물이나 쏟고 말았다. 가려는데 경준이가 다시 팔을 붙잡았다. 나는 불에 덴 듯이 뿌리치며 울음 밴 소리를 했다.

"난 널 좋아했어!"

돌았나 보다. 구제불능. 어쩌자고 이런 말이 튀어나왔을까. 정신 없이 거기를 떠나는데 하수구에라도 빠져 죽고 싶은 심정이었다.

이 상황에 짝사랑 고백 같은 소리라니. 그것도 사건의 핵심에서 가장 나쁜 놈으로 의심되는 녀석에게. 아니, 바로 그놈에게. 사실 내 마음은 그게 아니었다. 부디 경준이가 제대로 알아들었어야 한다. 너 같은 놈을 좋아한 게 철천지한이라는 절망적인 소리였음을.

전철 안에서 감정이 좀 누그러졌다. 그러자 냉정하게 생각해 보고 싶어졌다. 도대체 내가 왜 화를 내고 눈물까지 흘렸을까.

'신유라. 오버한 거 아니니?'

방금 전 행동이 떠올라 진저리가 쳐졌다. 아, 정말이지 이건 아니다. 내 인생에서 그 순간만 삭제할 수 있다면 어떤 고통이라도 참아 낼 것 같다. 그 끔찍한 창피함에서 냉철해지고 싶다. 더 이상 휘말리지 않으려면 이 사건의 모든 것들로부터 멀어져야만 한다.

재희에게 무슨 일이 벌어졌든 나와는 무관하다. 왠지 우리가 좀 통할 거라는 기분이 든 적은 있지만 그건 동정 비슷한 거다. 오빠 때문에 마음 쓸 필요도 없다. 적어도 가해자는 아닌 것 같고, 설사 가해자라 해도 오빠의 문제고, 엄마가 알아서 해결할 거다. 또, 경준이가 재호 같은 애랑 어울렸건 개를 시켜서 누굴 때렸건 무슨 상관이란 말인가. 여자 친구도 아닌데. 내가 목격한 게 하필 오빠라는 건 좀 걸리지만. 어쨌거나 다른 사람들 때문에 내 감정이 상하고 화날 이유가 없다.

'그런데 왜 꼭 배신당한 기분이람. 웃기네. 사귄 적도 없는데, 나 정말 돌았나 봐……'

경준이의 불온한 태도. 심재호와 거래라도 하는 것 같았던 정황과 통화 내용. 다리 밑에서 문제아들과 어울리는 걸 봤을 때 그도 보통 청소년이라는 걸 확인하는 것 같아 호감을 가졌다. 학교에서의 기계적인 모범생 이미지를 확 벗어 버린 게 참 신기했는데. 누가 누구인지 알아보기 어려울 만큼 멀기는 해도 그날의 사진을 내 다이어리에 끼워 둔 이유가 바로 그거였는데. 그 장면을 좋게만 받아들인 게 실수였다. 그 실수에 화가 난다. 하지만 눈물까지 흘릴 일은 아니다. 반듯한 용모에 문제아의 거친 모습까지 겹쳐지는 바람에 만화 주인공 같은 환상을 가졌나 보다. 그러나 그 환상이 깨졌다고 우는 바보가 있나.

어이가 없다. 그가 사실은 당당한 사람이 아니었다는 게 가장 충격이다. 그는 잘못을 쉬쉬하는 어른들처럼 추하고 깡패처럼 비열하다. 그런 결론에 이르자 또 화가 치밀었다. 아무리 따져 생각해도 머리만 혼란스럽고 내 문제가 뭔지 모르겠다. 분명한 건 내가 지금 가슴이 아프다는 거다. 재호 패거리에게 걷어차이며 나를 간절히 보던 오빠의 눈빛이며 검푸르게 부어오른 손 때문에 가슴이 먹먹하고, 서울역에서 등에 닿았던 노숙자의 손길, 섬뜩하고 불결한 그런 고통을 수만 배쯤 겪고 있을지 모를 재희가 자꾸만 생각났다.

'신유라. 냉정해져. 상관없는 일은 잊는 거야. 고통 없는 삶이란 없다고 했어. 그들 일은 그들이 알아서 하겠지……'

피시방에서 멀미가 날 때까지 게임을 했다. 진동 상태의 휴대폰이 몇 차례 울렸으나 무시했다. 미정이. 엄마. 스팸 문자, 그리고 낯선 번호 셋. 휴대폰을 바지 주머니에 넣고 숨을 크게 들이마셨다. 몇 시간쯤 게임에 몰두하고 나면 속이 텅 비고 단순해진다. 이 느낌이 유지되어야 할 텐데.

집에 들어오자마자 엄마가 마무리를 잘하고 왔느냐고 했다. 한 귀로 흘려들으면서도 생각했다. 아, 봉사 활동. 사인을 안 하고 왔군. 상관없다. 엄마가 날 잡아먹는다고 해도 다시는 거기에 가지 않겠다.

오빠가 아침 식사마저 거부하기 시작했다. 아예 이불 속에서 나오지도 않는다. 아빠가 일그러진 얼굴로 식탁에 앉아 있기만 하다가 출근했고 엄마 역시 부스스한 몰골로 완강하게 닫혀 버린 오빠의 방문만 바라보았다.

새벽에 화장실 갈 때까지도 문틈으로 컴퓨터의 푸른빛이 새어 나왔었다. 전 같으면 엄마가 어떤 조치든 취했을 텐데 이제는 초강력 회유도 강압도 명령도 소용없다. 컴퓨터로 도망쳐 버리게끔 오빠를 몰아붙인 진짜 이유가 뭘까. 그들에게, 아니 신상연에게 벌어진 사건의 진실이 도대체 뭘까.

공부 시간 외에는 내내 이어폰을 꽂고 지냈다. 반 애들 관심은 이미 남자 아이돌 스타의 연애 소식으로 옮겨 가서 심재호가 정학

처분에 사회봉사를 하게 된 일 따위는 입에도 올리지 않았다. 나도 그저 재희 자리를 돌아보았을 따름이다. 경준이는 참 대단한 할아버지를 가졌다. 심재호가 학교의 처분을 고분고분 따르고 있으니 그들 사이의 문제는 해결인가. 등교조차 못 하는 재희는. 또 오빠는. 가슴 맨 안쪽에 통증이 이는 것 같아 도리질하며 서태지의 음악을 들었다.

"나 이제 이거 안 마실까 봐."

수지가 프렌치커피를 슬그머니 내렸다. 미정이가 어깨를 으쓱하며 나를 보자 수지가 우리의 팔을 잡아당기더니 뒤를 보라는 눈치를 주었다. 무심코 돌아보았다가 나는 속이 뜨끔했다. 경준이가 이쪽을 보고 있었다.

"이게 똥배 나오는 데 직빵이래……."

"설마, 이경준? 저 킹카가 너한테 꽂혔다고?"

수지와 미정이가 뭐라고 떠드는지 귀에도 안 들어왔다. 간신히 유지해 온 평온이 순식간에 흔들리는 느낌. 도저히 같은 공간에 있을 자신이 없어 전철이 멈추자마자 내렸다. 친구들이 뭐라고 소리쳤고 전철이 떠났고 나는 의자에 털썩 주저앉았다.

또 대공원역이다. 사자가 보고 싶다. 깊이 꿰뚫는 듯한 그 눈길에 다시 한 번 빠져 보고 싶다. 그러나 거기로 가는 건 이 혼란의 시작을 확인하는 것이나 마찬가지다. 휴대폰이 울리고 문자와 부재중 전화 표시가 뜨는 걸 물끄러미 들여다보며 전철을 몇 대 보냈다. 재희 번호를 띄우고 또 물끄러미.

왜 이렇게 재희에게 마음이 쓰이는지 모르겠다. 말은커녕 눈길조차 나눈 적 없는 애인데. 어쩐지 지금 재희가 완벽하게 혼자인 것 같아서. 그게 어떤 슬픔인지 알 것 같아서 신호를 보내고 싶은 건지 모른다. 너처럼 나도 혼자라고.

아프지 마

숨을 깊이 들이마시며 확인 버튼을 눌렀다. 드디어. 묘하게도 숙제 하나를 끝낸 기분이다. 그동안 여러 번 시도했는데 결국은 가장 짧은 문자를 보냈다. 누가 보냈는지 재희는 모를 것이다. 몰라도 괜찮다.

"그따위로 다닐 거면, 학원 때려치워라."

높낮이도 없는 말투. 냉정한 시선에서 엄마의 컨디션이 회복됐음을 감지했다. 수업에 불성실하다고 학원에서 전화가 온 모양이다. 엄마 기분이 왜 갑자기 좋아졌을까. 거실에 식구들이 모여 있었다. 아직 9시도 안 되었는데 돌아온 아빠. 거실 소파에까지 나와 앉은 오빠. 나 없는 동안에 가족회의라도 하던 중이었나 보다. 며칠 사이에 오빠는 어깨뼈가 앙상해 보일 만큼 수척해져 있었다. 몸은 소파에 부려 두고 정신은 외출한 듯 몽롱한 표정. 아빠 때문에 마지못해 끌려 나왔던가 보다.

“아이들 장난이라. 그렇게 봐줘서 다행이네.”

“선처해 준 거죠. 어디까지나 비공식적으로.”

“철딱서니 없는 것들! 이참에 세상 무서운 줄 알았겠지. 따지고 보면, 재흰가 걔가 애초부터 처신을 잘못한 거지. 취한 놈들이 어떻게 나올 줄 알고 거길 끼느냔 말야. 억울해도 할 말 없는 거야.”

아빠의 말이 발목을 잡았다. 아이들 장난이라니. 미성년을 아이로 보는 거야 뭐랄 수 없지만 그 일을 어떻게 장난이라고 말할 수 있을까. 아이들 장난에 개구리가 맞아 죽는다더니 이게 딱 그 짝이다. 가방을 대충 던져 놓고 냉장고를 열었다.

“이제 다 끝났어요. 공식적으로 마무리됐으니까. 교장 선생님 입장이 단호해서 이만하게 정리된 거지. 그런 집안이 나서 줬으니 통한 거고.”

공식적인 마무리. 심재호의 처벌에 대한 말이 틀림없다. 구역질이 나려고 한다. 그러나 엄마의 말투는 마치 가볍게 손을 터는 것처럼 들떠 있었다. 내내 얼빠진 사람처럼 너덜너덜한 몰골이더니 외출이라도 하고 왔는지 지금은 차림새부터가 다르다.

“우리 상연이야 책임 없다는 거 내가 끝까지 믿지만, 모두를 위한 최선이니 넘어가기로 했어요. 도의적 책임이랄까.”

아빠의 한숨 때문인지 내가 있어서인지 엄마가 말끝을 흐렸다. 도의적 책임. 머릿속으로 되뇌며 냉장고 문을 연 채로 생수를 천천히 들이켰다. 아빠가 비굴하게 중얼거리며 방으로 갔다.

"식사비라도 결제하지."

"당연하죠. 그런 것쯤이야."

콧소리 섞인 엄마의 대답에 목구멍이 꽉 막히는 것 같다. 심재호를 제물로 바치고 대단하신 분들은 좋은 음식점에서 축배라도 들었던가 보다. 학교 체면을 세워 줄 우수 학생을 보호하기 위해 단호한 결정을 하신 교장 선생님과 자식의 미래를 위해 흠집을 덮어 주려는 이기적인 부모들의 결론. 진실을 함구하고 있는 당사자들에게 증오심이 일었다.

냉장고 문을 세게 닫아 버렸다.

"뭐 감정 있니? 왜 짝짝이 눈을 하고서 그래?"

못마땅한 엄마의 시선. 나는 픽 웃었다. 아들 문제가 해결되니 나는 또 안중에도 없나 보다. 가장 듣기 싫어하는 말로 찌르는 걸 보니. 엄마는 내가 정말로 마음에 안 들 때면 짝짝이 눈을 들먹이곤 했다. 내 눈이 짝짝이인 건 사실이다. 그것 때문에 나만 식구가 아닌 것 같아서 어렸을 때는 그 말만 들으면 울었었다. 이제 난 어린애가 아니다. 뒤틀린 속을 가장 아프게 건드리면 어떤 반응이 나오는지 엄마도 알아야 공평하다.

"입장 바꿔서, 재희가 자기 딸이라도 아이들 장난이라고 할 거래?"

엄마 눈이 보기 싫게 찌그러졌다. 어디서 감히 나서느냐는 표정이었다. 그래도 물러서기 싫었다. 엄마가 틀렸다는 걸, 나를 너무 하찮게 대해서 참을 수 없다는 걸 알려 주고 싶어서 까칠한 내 혀가 오기를 부렸다.

"어른들은 참 편해. 권력 좀 가진 사람들일수록 더. 뭐든 자기들한테만 유리하게 적용하잖아. 그게 다 사실이면 엄청난 범죄인데, 어떻게 애들 장난이래?"

"너, 그 입……."

엄마가 입술을 깨물며 일어났다. 한마디만 더 하면 내 목이라도 비틀어 버릴 태도였다. 그런데 나는 엄마 표정에서 눈도 깜짝이지 않고 이기죽거리는 딸을 경계하는 시선을 알아챘다.

"엄마는 어때? 재희가 나였대도, 철딱서니 없는 애들이 장난하다 실수한 거라고 봐줄 거야? 뭐, 엄마야 날 안 좋아하니까."

"당장 입 다물어."

분노와 경멸이 뒤섞인 눈초리에는 나도 입을 다물 수밖에 없었다. 무서워서가 아니라 기분이 너무 상해서. 내가 더 떠들어 본들 무슨 소용일까. 재희 엄마가 집까지 찾아오고 교장실까지 갔어도, 경찰이 나섰어도 결국에는 아이들 장난으로 이야기 끝났다는데. 학교 이미지 실추에 근거 없는 문건을 악의적으로 퍼트린 책임을 지워 문제아 하나를 처벌하는 걸로 모든 걸 정리했다는데.

"너 행여, 입 잘못 놀렸다가는 아빠도 오빠도 다 끝인 줄 알아."

가슴에서 불이 나는 것 같아 오빠를 쏘아보았다. 표정은 멍하고 무릎에 얹은 손가락은 불안하게 떨리고 있다. 집게손가락부터 새 끼손가락까지 차례차례. 오빠의 가슴에 무수히 많은 말발굽이 지나가고 있는 것이다.

"신상연. 잘 들어. 이제부터는 정말 공부만 해. 경준이 우람이는 물론, 민이까지도 멀리하는 게 좋아. 그 이유는 말 안 해도 알지?"

듣는지 마는지 여전히 무표정. 그 옆을 지나 화장실로 들어갔다. 문을 꼭 닫아도 또박또박 명령하는 엄마의 말소리가 고스란히 들렸다.

"어른들이 여기까지 해 줬으면, 제발 너도 움직여. 출석도 봉사 활동도 차질 없을 거야. 성적만 지켜 주면 돼."

거울 속 얼굴이 꿈틀했다. 봉사 활동이라는 말이 가슴을 후볐다. 이 범죄에 나 또한 가담자다. 찬물을 얼굴에 끼얹었다. 신경질적이어서 사방으로 물이 튀고 앞섶이 다 젖었다. 그래도 뒤틀린 속은 어쩔 수 없었다.

거실에는 오빠 혼자 창밖에 시선을 빼앗기고 앉아 있었다. 집 전화가 울렸다. 바로 옆이건만 안 들리는지 오빠는 미동도 안 했다. 시끄럽게 울리는 소리에 안 그래도 뒤틀린 속이 불편해서 뒤꿈치를 쿵쿵 찧으며 가서 수화기를 집어 들었다. 잠자코 듣기만 하자 저쪽에서 신상연을 찾았다. 미리내 요양원의 남자 목소리.

불쑥 전화기를 넘기고 오빠를 빤히 보았다. 정말 궁금하다. 저쪽에서는 신상연을 벌써 몇 번째 찾고 있다.

“네······.”

묵묵히 듣고만 있더니 고작 그 말뿐이었다. 그러고는 자기 방으로 갔다. 그 구부정한 뒷모습을 보는데 분노가 와락 치밀었다.

‘바보 같은 자식!’

닫히려는 방문을 밀고 들어갔다. 오빠가 놀라 돌아보았다. 무표정하던 아까에 비해 그래도 생기가 있다. 딱히 어떻게 할 작정은 아니었다. 그저 이야기를 좀 하고 싶었다. 오빠가 목을 괴상하게 비트는 순간 우두둑 소리가 났다. 왜 따라 들어왔는지 항의하는 것 같은, 이제부터 뭔가를 보여 주기라도 하겠다는 식의 위협적인 제스처로 보였다.

“그 남자 누군데?”

별안간 오빠 눈빛이 날카로워졌다. 잠깐이지만 단단히 화가 난, 분노를 참고 있는 것 같은 복잡한 눈빛에 눌려 나는 칼자국이 선명한 책상으로 시선을 돌렸다.

“얘기 좀 해.”

오빠가 무뚝뚝하니 의자에 푹 주저앉아 서랍을 열었다. 그리고 만능 칼을 꺼내더니 손으로 만지작거렸다. 독이 올라 검푸르게 부어오른 손. 아들이라면 끔찍한 엄마가 어째서 저 손에 대해서는 무감각할까.

“나가.”

책상에 손을 펴며 오빠가 말했다. 나는 만능 칼을 꽉 쥐고 있는

오빠의 오른손을 불안하게 쏘아보았다. 제발 바보 같은 짓은 그만
두라고 소리치고 싶었다.

"그 남자, 내 이름도 아는 것 같던데."

"……."

"좋아. 그건 상관없어. 심재호 말이야. 나도 그런 앤 밥맛이야.
그래도 이건 부당하고 잘못된 거야. 누가 누구 대신 처벌받아서는
안 되는 거잖아. 미안한 마음조차 없는 거야? 다들 미쳤나 봐. 최선
이라니. 도의적 책임? 어이가 없어. 그 도의가 누구를 위한 건데?"

오빠가 나를 돌아보았다.

"……."

"나도 이러기 싫어. 그런데 너무 많이 알아 버렸다고. 왜 아무도
재희를 거론하지 않아? 가장 큰 피해잔데. 심재호보다, 잘난 그 우
등생들보다 더."

"……."

"그날 사건에 대해 누군가는 진실해야 되잖아."

"너도 그날이야? 지겨워. 도대체 다들 뭔 소린지……."

정말 지겨워하는 표정. 어떻게 저런 표정으로 사람을 기막히게
할 수가 있을까. 모르는 척 가면을 쓴 것 같기도 하고 정말로 뭘 모
르는 것 같기도 한 종잡을 수 없는 얼굴이다. 당사자가 모른다는 건
말도 안 되고 가면이라면 경준이보다 더 비열하고 용의주도하다.

"쇼하지 마. 잘못을 외면하지 말라고. 너무 비겁하잖아."

"까불지 말고 꺼져."

오빠가 다시 책상에 손을 얹었다. 그리고 마디의 주름조차 안 보이게 부은 손가락을 최대한 벌렸다. 그러자 오기가 생겼다. 아프면 그만두겠지. 설마 자기 손을 자르기라도 하려고.

"내가 어디까지 알고, 뭘 본 줄 알아?"

"……."

"4월 18일에 재희랑 동물원에서 키스하는 거 봤어. 다음 날엔 심재호 패거리한테 린치 당하는 것도 봤고. 왜 맞은 거야? 경준이 생일 다음 날. 잔뜩 취해서."

"꺼지랬지."

"심재호가 경준이 대신 오빠를 폭행한 거야? 정말, 신고하러 가다 집힌 기야? 걔들이 재희를 정말로,"

머리가 떨리는가 싶더니 오빠가 기어코 손가락 사이 찍기를 시작했다. 일정한 빠르기로 오른손이 움직이고 그때마다 칼끝이 책상에 박히는 소리가 섬뜩하게 들려왔다. 더 자극하면 안 될 것 같았다. 거기서 멈춰야 했는데 내 감정도 섬뜩한 그 짓거리만큼이나 제동이 걸리지 않았다.

"잘못도 안 했으면서, 오빠 왜 이래? 왜 모르는 척하는데? 아이들 장난? 이 문제를 그런 식으로 처리하는 게 애들 장난 같은 거지!"

"……."

"이렇게 모르는 척 넘어가는 거 진짜 비겁해. 취했다는 핑계로
한 여자를 야만적으로 겁탈하는 거, 아무리 애들이라도 죄의식
은,"

거친 숨소리가 심상치 않았다. 경련 일으키는 듯한 동작이 무서
워져 얼른 돌아섰다. 그런데 방문을 열기도 전에 일이 터지고 말
았다.

"으아아아!"

고통스러운 비명과 함께 오빠 얼굴이 책상에 푹 떨어졌다. 엄마
아빠가 당장 달려왔고 나는 얼굴을 감싼 채 오빠에게서 눈을 떼지
못했다. 오빠는 의식을 잃었고 책상에 피가 흥건했다. 칼이 손등에
박혀 있었다. 죽은피가 가득 차오른 것 같던 손이 끝내 터져 버린
것이다.

아들을 들쳐 업은 아빠가 애처로울 정도로 비틀거리며 집을 나
갔다. 다급하게 응급실을 외치며 전화하던 엄마가 다가오더니 다
짜고짜 내 뺨을 갈겼다.

"내 아들한테, 도대체 무슨 짓을 한 거야!"

심하게 다쳤는지 아무도 돌아오지 않았다. 오빠가 칼을 쥐고 있
는 상황에서 함부로 말한 게 아닌가 밤새 끊임없이 후회했다. 몇
번이나 전화했어도 엄마는 받지 않았고 아빠는 단 한마디만 했다.
넌 그냥 있어.

하룻밤 사이에 모든 게 정지되고 거짓말 같은 아침이 왔다. 영원히 지속될 것 같았던 밤이 가고 너무나 고요하고 창백한 아침이 온 것이다.

집이 죽어 버렸다.

빨래는 바구니에 걸쳐진 채, 컵은 커피 자국이 묻은 채, 소파는 쿠션이 비스듬하게 놓인 채, 커튼은 걷히지 않은 채, 탁자의 신문은 경제면에 고정된 채, 책상은 핏자국이 스민 채 그대로 스톱.

학교에 가야 하는지 집에 있어야 하는지 병원에라도 찾아가야 하는지 몰라 망설이다가 학교로 갔다. 어느 병원인지 모르니 갈 수도 없고 정지돼 버린 집은 숨 막혀서 싫었다. 엄마랑 통화하고 싶다. 아빠도 오빠도 아닌 엄마랑. 내가 오빠를 다치게 한 것 같아서. 하지만 할 수가 없었다. 엄마의 말이 가슴에 박혀 숨통을 조였다. 내 아들한테 도대체 무슨 짓을 한 거야.

'내 아들한테…….'

나와 오빠를 철저하게 가르는 말이었다. 다른 사람한테서라면 그토록 서슬 퍼런 아픔이 느껴졌을까.

"요새 신상연이 통 안 보여. 토요일인데, 집에 놀러 가도 되니?"

미정이가 팔짱을 끼며 말했다. 이제부터 『라마와의 랑데부』를 본격적으로 읽어 볼 참이라고, 아직 책장도 열어 보지 못한 건 자기 엄마가 당분간 소설책 읽는 걸 금지시켰기 때문이라고도 했다.

"애기냐? 그걸 변명이라고. 진짜 좋아하면 몰래라도 읽지. 몰래

하는 연애가 진짜라는 것도 모르면서 무슨."

수지가 이죽거리며 프렌치커피를 쪽 빨아 마셨다. 나는 이어폰을 꺼내 귀를 막으며 지하 계단을 내려갔다. 미정이가 집에 가도 되는지 또 물어서 고개만 저었다. 나에게 그동안 무슨 일이 있었는지 미정이는 모른다. 우리는 같이 어울리기는 해도 진정한 친구라고 할 수 없다. 어떤 비밀도 나누고 싶지 않으니.

비밀까지는 아니라도 속마음을 드러내고 싶은 데는 따로 있다. 친구라는 개념과는 다른 문제다. 어제도 재희에게 문자를 몇 건이나 보냈다. 어쩌면 재희가 아니라 엉뚱한 사람의 전화번호일지도 모른다는 생각, 설사 재희가 받아도 답장이 없을 거라는 생각, 재희는 발신인이 나인 줄 모를 거라는 익명성이 나를 편하게 해 준다. 또한 익명성으로 인해 나는 내 감정에 솔직해질 수 있다. 어제만 해도 텅 빈 집에서 잠들지 못하고 혼자 밤을 견뎌 내는 게 얼마나 괴로운지 누군가에게는 털어놔야만 했다.

안전선에 서 있다가 조금 떨어진 곳에 경준이가 서 있는 걸 보았다. 수지는 프렌치커피를 마시며 수다 떠느라 눈치를 못 챘다. 그를 슬쩍 보았는데 그는 나를 보고 있지 않았다. 같은 전철을 탄 일은 전에도 몇 번 있었다.

전철을 타려다가 옆으로 비켜났다. 뒤따라 타지 않은 걸 알고 미정이가 뭐라고 소리쳤으나 전철 문이 닫히고 그만이었다. 경준이도 거기에 실려 없어졌다. 전철을 연거푸 두 대나 보내고서야 학원

으로 향했다. 어차피 늦어 버려서 천천히 계단을 오르며 또 문자를
보냈다.

　아프리카에 가고 싶다 사자랑 같이

　누군가와 부딪혔다. 옆으로 비키려다 또 부딪힌 뒤에야 그가 경
준이라는 걸 알았다. 가슴이 심하게 요동쳤다.
　"네 전화는 고장 났냐?"
　그가 나에게 말을 했다. 정확히 나를 보고. 이런 장면을 상상해
보지 않았다면 거짓말이다. 그러나 이건 다른 상황이다. 가슴 설레
는 그런 상상은 이제 불가능할 것이다. 나는 멍청한 소리를 해서
뼈가 아팠던 기억을 띠올리며 냉정해지려고 애썼다. 그린데 무슨
소리람. 가만히 서서 그 말을 곱씹어 보았다. 낯선 번호로 부재중
전화가 몇 번 왔었다. 그거에 대한 말인가 보다. 김민한테 알았을
까. 경준이 표정은 차갑게 굳어 있었다. 그날 내가 엿들은 게 도저
히 용서가 안 되는 모양이다.
　옆으로 지나가려고 하자 그가 다시 막았다. 누가 보면 사귀고 싶
어 치근덕대는 남학생으로 오해하겠다. 자기 비밀을 떠벌릴지도
모를 여학생을 겁주려고 막는 거라고는 짐작도 못 할 것이다.
　"얘기 좀 하자."
　"신상연처럼, 나도 팰 거니?"

경준이가 턱을 약간 쳐들며 눈살을 찌푸렸다. 자존심이 무척 상했나 보다. 솔직히 좀 두려웠다. 내게는 도와줄 사람이 아무도 없으니까. 나는 되도록 차분하게 아무런 감정 없다는 듯 말했다.

"걱정 마요. 난 입도 안 싸고, 진실이 뭔지도 모르니까."

그는 나에게 시선을 박고 있을 뿐이었다. 표정 관리 하나는 끝내주는 애다. 무슨 생각을 하고 있는지 감이 잡히지 않는다. 저런 애한테 평생 지우지 못할 헛소리를 한 사람이 바로 나다. 혹시라도 그 말을 착각하지 않기 바라며 그를 똑바로 보고 말해 주었다.

"잘 모르면서 함부로 말하는 것도 잘못이라는 것쯤은 알아. 그래서 이미 누굴 다치게 했거든."

그 말을 하는데 눈이 뜨거워졌다. 피 흘리며 쓰러진 오빠를 그의 면상에 들이댈 수만 있다면. 눈 하나 까딱하지 않고 서 있는 이런 애도 있는데. 장우람은 여전히 교내 방송에 당당하게 얼굴을 내밀고, 김민은 방송실 누구랑 커플 됐다고 만면에 웃음까지 되찾았는데. 역겨운 일이 아닐 수 없다.

"난 촛불 집회도 못 가 본 애야. 누구처럼 게시판에 뭘 쓰지 않을 거고, 어디에 제보 같은 것도 못 해. 그러니 안심하라고."

"……."

"그래도 너희들은 알았으면 좋겠어. 바보가 아니잖아. 피해자가 재희라는 건 알아야 돼. 너희들이 아니라 걔라구. 어른들은 구리고 구역질 나게 우긴다 쳐도, 적어도 너희들은……."

몸이 떨리기 시작했다. 어쩌자고 또 이런 말까지 해 버렸을까. 불량배한테 오빠를 집단 구타하게 만들었던 애한테 겁도 없이. 엄연히 선배인데 경어도 생략, 게다가 '너'라니. 매사에 소극적이고 똑 부러지게 뭘 해낸 적도 없는 주제가 요즘 들어서 왜 이렇게 오지랖 넓게 구는지 모르겠다.

뛰다시피 걸었다. 그가 계속 따라오면 어쩌나 싶어 나중에는 정말로 뛰었다. 숨이 턱까지 차오를 때까지 뛰다 아무 건물에나 들어갔다. 그리고 계단에 앉아 무릎을 꼭 끌어안고 마음을 진정했다. 아무래도 여기를 떠나야 할 것 같다. 전학을 가든 유학을 떠나 버리든.

엄마의 번호를 다시 눌렀다. 여전히 받지 않는다. 유학 보내 달라고 하면 엄마가 응할까. 지금 같이서는 도저히 집에서 살 수 없을 것 같은데. 간다면 어디로 갈까.

무작정 걷다가 너무 허기져서 김밥 집으로 들어갔다. 김밥 두 줄을 꾸역꾸역 먹는데 심재호 생각이 났다. 걔가 자기 엄마 때문에 경준이와 맞서는 게 인상적이었다. 걔한테도 엄마가 있었던 것이다. 나에게는 있어도 없는 엄마가 그런 불량배 같은 애한테도.

눈물이 나려고 해서 고개를 쳐들었다. 그러다 유리창으로 언뜻 재희가 지나가는 걸 보았다. 그러고 보니 여기가 저번에 재희를 쫓다 놓쳐 버린 건물이다. 서둘러 계산하고 나왔을 때는 이미 엘리베이터가 닫히고 올라가는 중이었다. 엘리베이터는 5층에 섰고, 6층에 섰고, 12층에 섰다. 그리고 낯선 사람들을 태우고 내려왔다.

벽에 걸린 상가 안내판을 보니 5층에는 초등학생들이 다닐 법한 학원들이 있고 6층에는 각종 병원들이 있다. 12층에는 무슨 사무실이니 무슨 클리닉이니 하는 것들이 줄줄이 있다. 6층에 내렸다. 치과부터 접골원까지 병원이 참 많기도 하다. 무턱대고 아무 데나 들어갈 수도 없고 들어간다고 해도 할 말이 없어 서성대다가 12층으로 갔다. 거기서도 마찬가지였다. 설사 재희를 찾는다 해도 뭐라고 할 것인가. 결국 허탈한 마음으로 건물을 나왔다.

창문에 불이 들어와 있었다. 가슴이 두근거렸다. 감당해야 할 몫이 두려워서 불 켜진 집이 고마우면서도 들어가기가 꺼려졌다. 놀이터 그네에 앉아서 휴대폰만 만지작거렸다. 미정이가 연거푸 전화했지만 받지 않았다. 내일이라도 집에 온다고 할까 봐 귀찮아서였다. 답장도 없는 문자를 열 건 넘게 보내면서 울적해 있는데 문자가 들어왔다. 재희 답장인 줄 알고 긴장했으나 다른 번호였다. 문자를 보고서야 경준이라는 걸 알았다.

시한폭탄 뇌관을 조심해

"무시무시한 협박이네."

9시가 넘어서야 집으로 갔다. 정리 안 된 현관의 신발들이 우울해 보였다. 회사에서 상무 직책이라도 아빠의 구두는 걸음걸이 습

관대로 주름이 잡혀 있고, 명품이라는 엄마의 구두도 앞이 까진 채 쓰러져 있고, 얼마 전까지 엄마의 자존심이었던 우등생 오빠의 운동화에는 핏자국이 스미어 있다. 그것들을 잘 놓고 가운데에 내 신발을 가지런히 벗어 놓고 들어갔다.

우울한 기류는 집 안 곳곳에서 느껴졌다. 서재에서 서류철을 뒤적이고 있는 아빠의 굳은 표정. 나에게는 눈길조차 건네지 않고 미트볼을 준비하고 있는 엄마. 굳게 닫힌 오빠의 방문. 방문을 열어 보니 오빠가 게으른 짐승처럼 누워 있었다. 이마에 올린 왼손에 두툼한 붕대가 감겨 있다.

"오빠 괜찮아?"

각오하고 물었는데도 엄마는 내게 눈을 맞추지 않았다. 나는 미안하다고 말하고 싶었다. 그런데 엉뚱한 말이 나왔다.

"파상풍, 뭐 그런 거 아니래?"

"그래. 좀 심각한 상황이다."

"다른 건 다 알면서, 오빠 그러는 건 왜 몰랐어?"

엄마가 나를 쏘아보았다. 아차차 싶었다. 이 경황에 엄마를 책망하다니. 이러니 내가 사랑을 못 받나 보다. 어쨌든 쏘아보는 눈길이나마 엄마가 나를 봐 준 건 다행이었다. 늦은 저녁이라도 모처럼 다 모여서 먹었으니까. 그러나 거기까지였다.

오빠가 가출했다. 아마도 새벽에.

언제나 가출하고 싶은 건 나였다. 그런데 오빠가 해 버렸다. 역시 참 다르다. 내가 생각만 하는 걸 과감하게 저질러서 모두를 기함시켰으니. 특히 엄마를.

집이 오빠에게도 외로운 곳이었음을 실감한다. 최근 오빠 상황은 최악이었다. 손까지 다쳐 치료받아야 할 지경이 됐는데 가장 나쁜 이 상황에서 가출했으니 오빠에게도 여기가 쉴 만한 데가 아니었던 것이다. 현대인의 분신이랄 수 있는 휴대폰을 놔두고 책상에 편지 하나 안 남겼다는 사실이 더 엄마를 절망에 빠뜨렸다. 가족의 걱정도 가족과의 연락도 원치 않는다는 의미니까.

처음에는 바람 쐬러 나갔을 거라고 대수롭지 않게 여겼다. 그러나 새벽같이 없어진 게 이상하고 식사 시간이 지나도록 돌아오지 않자 불안해졌다. 설마 하며 여기저기 연락했으나 끝내 소재 파악이 안 됐다. 중요한 소지품들이 같이 없어졌다는 걸 알고 아빠가 그런 의심을 했다. 아니기를 바라고 아직 시간이 남았지만.

"걱정 마요. 지갑에 통장까지, 삼 일 치 약봉지를 다 챙겨 간 건 희망적이야. 몸 걱정은 한다는 증거니까."

"당신 그 침착성에 넌더리가 나. 이건 업무 서류 검토가 아니라 당신 아들 문제라고. 만약 상연이 안 돌아오면, 절대로 용서 안 해."

아빠 잘못이 뭘까. 목덜미가 상기된 채 히스테릭하게 퍼붓는 엄마의 비아냥을 고스란히 받아 낼 정도라면 점잖은 아빠 체면에 버금가는 문제일 것이다. 언젠가도 엄마는 아버지 노릇이나 신경 쓰라며 꼭 저런 뉘앙스로 비아냥댔었다.

"상연이는 보호가 필요해. 환자라구. 다른 데도 아니고 뇌라잖아. 뇌!"

엄마가 울음을 터뜨렸다. 손이 아니라 뇌. 나는 눈살을 찌푸리며 아빠를 보았다. 아빠가 절망적으로 중얼거렸다.

"기억 상실이란다. 일과성 기억 상실증."

"그게 뭔데요?"

"기억이 뒤죽박죽이란다."

"뒤죽박죽……."

"어떤 날 기억이 아예 없어지다니. 도대체 이게……."

나는 찡그린 채 엄마를 보고 서재로 들어가는 아빠를 보았다. 일과성 기억 상실증. 오빠가 엉뚱한 소리를 하던 게 아마도 그 때문이었나 보다. 경준이 생일날을 기억하지 못하는 것도, 『라마와의 랑데부』를 반납하지 않았다고 착각하는 것도 어쩌면. 그게 어떤 병인지 모르겠지만 문득 치즈 조각이 떠올랐다. 사람의 기억이 어떤 부분만 뭉텅 사라져 버릴 수도 있다니. 뇌에 이상이 생겼다면 엄마가 저러는 게 당연하다. 그런 오빠한테 나는 도대체 무슨 짓을 했담.

'일과성 뭐랬지? 어떤 기억만 없어진다. 그게 가능한가? 설마, 그날 사건? 그게 없어졌으면 그 사건을 모른다는 거잖아. 그래서

그런 반응이었던 거야? 아닌데. 전혀 모르는 것 같지는 않았는데. 뭐야, 정말 뒤죽박죽인가.'

엄마의 처연한 모습을 볼 자신이 없어 집을 나왔다. 잠시 피하고 싶었을 뿐인데 나오고 나니 들어갈 용기가 안 났다. 오빠라도 나타나 준다면 모를까. 생각 없이 나와서 입던 옷 그대로에 지갑도 없다.

'정말로 가출한 건 아니겠지.'

우울하다. 심재호 패거리한테 맞을 때 뇌를 다쳤나. 그때 피를 흘린 것 같지는 않은데. 정신적 충격일까. 머리가 아프다는 말을 자주 했었다. 날짜를 물은 적도 있고 미리내 요양원에 가기로 했다는 약속도 기억해 내지 못했었다. 생각할수록 미안하다. 재희만큼이나 오빠도 상처투성이였던 거다.

미정이를 불러낼까 생각하다 고개를 저었다. 걔한테 뭘 털어놓기에는 그동안 너무 많은 일이 벌어졌고 이야기를 꺼내는 것 자체가 끔찍하다. 결국 또 재희에게 문자를 보냈다. 절대로 답장 보내지 않기를 바라며. 사실은 아예 읽지 않기를 바라며. 이건 그저 내 고백일 뿐이니까.

걷다 보니 도서관 앞이었다. 이 상태로는 도서관에도 가고 싶지 않아 하염없이 걷다가 길가 의자에 앉아 무릎을 끌어안았다. 휴대폰 고리에 교통 카드가 달려 있어서 버스나 전철은 탈 수 있다. 그러나 갈 곳도 만날 사람도 없어 몹시 외로웠다. 게다가 배가 고프다. 난리 통에 아침도 못 먹었는데 벌써 점심때다.

역으로 가는 버스를 몇 대 그냥 보냈다. 갑자기 든 미친 생각이 나를 괴롭히기 시작했다. 나눔 푸드 뱅크. 거기를 찾아가고 싶은 마음이 굴뚝같았다. 일하러 가기에는 좀 늦었고 오늘도 배식 행사가 있는지도 가 봐야 알 것 같다. 배식이 있다면 경준이를 봐야 할지도 모른다. 봉사 활동 때문이 아니라 배고파서 거기 생각이 났다는 것도 미칠 노릇이었다. 하지만 배고픔은 봐주는 게 없다. 체면도 없고 처절하다. 드라마의 예쁜 주인공들은 며칠씩이나 잘도 굶던데 나는 도저히 안 된다.

결국 버스를 타고 역으로 갔다. 나눔 푸드 뱅크의 천막을 보는 순간 뜻밖에도 에너지가 솟았다. 무릎 나온 바지에 추리닝 차림이고 머리도 엉망이다. 추리닝에 모자가 달려 있어서 얼마나 다행인지.

"유라, 앞으로는 생각이라는 걸 좀 하면서 살자."

모자를 쓰고 숨을 크게 들이마시며 걸어갔다. 실장님을 보면 늦어서 죄송하다고 선수를 쳐야겠다는 생각도 하면서.

뭔가 좀 이상했다. 배식할 때 사람이 많은 거야 당연한데 너무 질서가 없다. 소란스러운 소리며 웅성거리는 구경꾼들. 아무래도 심상치가 않았다.

"경찰 불렀어? 저, 싸가지 없는 놈!"

무슨 일이 벌어졌다. 겹겹이 서 있는 구경꾼들 때문에 제대로 볼 수 없지만 바닥에 흐트러진 식판이며 음식, 비명과 고함으로 난동이 벌어졌다는 건 알 수 있었다.

"너, 이 자식! 미쳤어?"

"죽어! 죽일 거야!"

실장님의 흥분한 소리와 갈라지다 못해 울음마저 섞인 고함이 뒤섞여 들려왔다. 다시 와장창. 거친 몸싸움과 누군가 맞는 소리. 정확히 볼 수 없어도 그 모든 정황이 얼마나 극단적인지 충분히 감지할 수 있었다.

피하는 게 낫겠다. 나 같은 애가 있을 자리가 아니었다. 그런데도 내 눈은 사람들 틈으로 문제의 현장을 집요하게 따라붙었다. 거친 욕설과 남자들의 몸싸움. 언뜻 보니 학생들 간의 난투극이었다. 탁자의 음식이 다 쏟아져 난장판이 된 중심에 장우람과 김민이 주저앉아 있었다. 그리고 뜻밖에도 오빠 신상연이 있었다. 처참한 몰골로 악을 쓰면서.

"다 죽어 버려!"

도대체 무슨 일일까. 손으로 입을 막은 채 나는 멍청히 서 있었다. 온몸이 엉망진창인 게 도저히 오빠라고 믿을 수 없는. 구경꾼들의 욕설을 한 몸에 받는 걸 보니 여기를 난장판으로 만든 장본인이 오빠가 분명했다.

개념 없는 놈! 뉘 집 새끼인지 앞날이 뻔하다, 유치장에 처넣어 버려, 따위의 비난을 오빠 혼자서 감당하고 있었다. 붕대로 처맨 손에 벌겋게 피가 번져 있었다. 나는 차마 오빠를 부르지도, 앞으로 나서지도 못한 채 단축 번호 1번을 누르며 울음을 꿀꺽 삼켰다. 손이 몹시 떨렸다. 오빠 때문에 가슴이 이렇게 내려앉기도 처음이다. 작은 먹잇감 하나를 놓고 어떻게 물어뜯을지 노리는 짐승들이 이와 뭐가 다를까. 그런데 엄마가 전화를 받지 않는다.

"여기 빨리빨리 치워! 상연이 너, 당장 따라와!"

실장님의 호통에 봉사자들이 움직였다. 누군가에게 붙잡혀 거친 숨만 몰아쉬던 오빠도 움직였다. 실장님을 따라가지는 않았다. 진이 다 빠져 버렸는지 그저 휘청휘청 거기를 벗어났다. 실장님도 몇 번 부르다 그만두었고 나는 몇 걸음 뒤에서 오빠를 따라가며 1번을 누르고 또 눌렀다. 엄마는 끝내 받지 않았다. 내 알량한 동정마저도 차갑게 만들어 버리는 엄마. 내가 걸음을 멈추었을 때 오빠는 그렇게 사람들 속으로 사라졌다.

'적어도, 가출은 아니잖아.'

발길을 돌렸다. 배고픔도 해결할 수 없고, 집에도 갈 수 없고. 할 수 있는 거라고는 버스나 전철을 타는 것뿐이었다. 그러면서 시간을 죽이는 것. 오빠보다 늦게 들어가서 엄마의 시선을 피할 수 있게.

대공원으로 갔다. 일요일이라 사람들이 많다. 사자를 한 번 더 보고 싶었는데 오늘은 돈이 없다. 코끼리 열차를 타지 않아도 동물원 입구까지는 걸어갈 수 있지만 입장료가 없어서 사자는 못 본다.

그래도 딱히 갈 데가 없어 입구까지 걸어갔다.

또 미정이 전화다. 벨 소리가 내내 울리다 꺼지더니 곧바로 다시 울렸다. 오늘따라 유난히 찾아 대고 있다. 배터리를 빼 버려 시끄러운 건 피했는데 내일 학교에서 욕을 바가지로 얻어먹을 게 뻔하다.

정문 맞은편 길 가장자리에 다리를 뻗고 앉았다. 다리가 너무 아프고 발바닥도 불나는 것처럼 화끈거려서 운동화를 벗었다. 오빠를 정말 모르겠다. 꼭 피해자처럼 굴지 않았나. 정말 재희랑 사귀었던 걸까. 어떤 기억이 살아나서 도저히 참을 수가 없었던 걸까.

지금 분명한 건 배고픔뿐이다. 너무나 배가 고파 무릎을 끌어안고서 배를 눌러야만 했다. 가슴 밑이 아프고 우울해서 동물원으로 들어가는 사람들을 물끄러미 바라보는데 누가 내 앞에 서며 그늘을 만들었다. 찡그리며 올려다보니 경준이다. 가슴이 또 쿵 했다. 설마, 여기까지 따라왔을까.

"동물원 들어갈래?"

그를 빤히 보았다. 그도 그랬다. 잠시. 아까 그 난장판과는 아무 상관 없어 보이는 말끔한 모습이다. 어떻게 혼자 멀쩡할 수 있었을까. 오빠가 두들겨 패 주고 싶은 상대는 김민이나 장우람만이 아니었을 텐데. 이 말끔한 녀석은 거기 없었던 걸까.

경준이가 성큼성큼 가더니 입장권을 샀다. 그리고 먼저 들어갔다. 들어가서는 안 들어올 거냐는 표정으로 나를 바라보고 서 있었다. 꽤 한참 동안.

나는 어금니를 꾹 물었다. 내 마음은 냉정하게 돌아서라고 했다. 그러나 내 발은 정문으로 들어서고 있었다. 엄마한테 뺨을 맞고도 밥을 거절하지 못했던 것처럼. 이것도 저것도 아닌 나를 슬프게 확인하며 곧장 사자 우리로 갔다. 사자가 보고 싶을 뿐이야. 비굴한 자존심이 그렇게 변명했다.

삭막해 뵈는 야외 우리에 사자 세 마리가 엎드려 있었다. 사자들과의 거리가 너무 멀어서 실망이다. 그 눈빛도 숨결도 느낄 수 없었다. 자존심을 세우기에는 너무 처량한 상황. 당연히 비었을 거라고 생각하면서도 실내로 들어갔다. 유리창 구석에 머리를 처박고 있던 그 사자가 그립다. 내 속을 꿰뚫는 듯하던 두렵고도 정직한 눈을 다시 보고 싶다. 예상대로 사자의 실내 우리는 텅 비었고 구경꾼조차 없었다. 직원처럼 보이는 남자기 차트를 들고 뭘 기록하며 다닐 뿐이었다.

가로막에 기대서 유리창을 물끄러미 보다 그때처럼 가로막 밑으로 들어갔다. 그리고 유리창의 얼룩에 손을 댔다. 안에서 그어진 얼룩이라 내 손에는 아무것도 묻지 않았다. 그날 나를 후려치던 사자도 이런 얼룩을 남겼었다.

“학생, 거긴 들어가면 안 돼.”

직원이 나오라는 시늉을 했다.

“가로막은 최소한의 경계야. 그렇게 다가가면 사자들이 예민해져서.”

직원이 안에 사자라도 있는 것처럼 말해서 고개까지 숙이며 사과했다. 그걸 경준이가 보고 있었다. 그를 지나쳐 직원을 따라갔다. 나를 감시하는 거라면 시간 낭비라는 걸 빨리 깨닫게 해 줘야 할 것 같았다.

"전에 왔을 때 다친 사자 봤었는데, 다 나았나요?"

"언제? 어딜 다쳤는데?"

"4월 18일요. 왼쪽 귀. 상처가 제법 커 보였는데."

"사자한테 관심 많은가? 날짜까지 다 기억하고."

직원이 중얼거리며 차트를 뒤적이다 말고 생각났다는 듯 말했다.

"아, 야생갈기! 걘 지금 치료 중이라 격리돼 있어."

"야생갈기? 그 사자 이름이에요?"

"자존심이 무척 센 녀석이지. 그래서 아파. 귀가 아니라 여기."

직원이 가슴을 가리켰다.

야생갈기. 멋지다. 그에게 어울리는 이름이다. 갇혀 있는 걸 도저히 용납할 수 없어 우울증에 걸렸나 보다.

"우울증이 심하거든. 회복될지는, 글쎄. 늙은 데다 잘 먹지도 않아서."

"사자도 우울증에 걸려요?"

친절한 직원이 고개를 끄덕이며 차트에 뭘 적었다. 그리고 다른 쪽으로 갔다. 나는 몇 걸음 따라가다 소리쳤다.

"죽진 않겠지요?"

직원이 뭐라고 대답했는지 모르겠다. 도대체 내가 뭘 하는 건지 모르겠다는 듯 삐딱하니 쳐다보고 있는 경준이 때문이었다. 어떻게 보든 상관없다. 나는 그를 무시하고 우리 밖으로 나왔다.

"죽으면 어때서?"

경준이가 다가오며 툭 말했다. 아까보다 목소리 톤이 밝게 느껴졌다. 그렇다고 또 엉뚱한 착각을 하면 안 된다. 나한테 관심 가질 사람도 아니고, 그런 착각을 하기에는 좋지 않은 기억들이 너무 많지 않은가.

동물원을 나와 걸어가다가 코끼리 열차가 지나가는 걸 보았다. 오빠와 재희가 키스하던 장면이 떠올라 절로 한숨이 나왔다. 아빠에게 전화를 했다. 오빠 이야기를 할까 하다가 그만두었다. 어차피 저녁때면 다 알게 된다. 역 광장에서 오빠가 벌인 일이니 엄마 안테나에 걸리는 건 시간문제다.

지하 전철역. 몇 걸음 뒤에서 내내 따라온 경준이가 안전선에 나란히 섰다.

"혹시, 나 감시하니?"

그가 전철이 들어오는 쪽으로 고개를 돌려서 들었는지 안 들었는지 모르겠다.

"넌 아픈 데 없지? 조금도, 아무 데도 안 아프지?"

경준이가 나를 보았다. 전철의 먼지와 소음에도 나는 찡그리지 않고 딱딱하게 말했다. 그가 제대로 알아듣도록.

“신상연은 아파. 기억 상실증이래.”

“……”

“완전히 망가졌다고. 가출했고.”

가출이라는 말에 경준이의 눈썹이 꿈틀했다. 가출이 아닐 수도 있다. 그러나 이보다 더한 소리도 나는 하고 싶었다. 역 광장의 그 난장판에서조차 오물 한 방울 묻히지 않다니.

전철 문이 열렸다.

“재희도 병원에 다녀. 그들은, 두 사람은 다 아파.”

몸이 부르르 떨렸다. 전철을 타기 전에 대답까지 해 주었다.

“사자는 죽지 않을 거야. 나랑 아프리카에 갈 거니까.”

그를 남겨 두고 전철 문이 닫혔다. 마지막 말은 하지 말 걸 그랬다. 너무 엉뚱한 소리를 지껄이고 말았다. 하지만 그를 혼란스럽게 했다는 건 직감했다. 그리고 그를 좀 아프게 했다는 것도. 확실하지는 않지만 어쩐지.

요즘 나는 가슴이 아프면서도 뭔가 꽉 찬 걸 느끼곤 했다. 이제껏 언제 어디서나 헐거운 조각 같았는데. 그게 환멸스러울 때가 많았는데. 그런데 이제는 그렇지가 않다. 나 자신에 충실해진 기분. 어이없게도 다른 사람들의 사건에 휘말리다가 중심에 서 버렸다고나 할까. 아무튼 이번 일이 그들의 사건이면서 동시에 나의 상황이기도 하다는 걸 인정해야 될 것 같다.

‘사자랑 아프리카에 간다고?’

별 뜻 없이 한 말이었는데 생각해 보니 정말 그러면 좋겠다. 이제는 아프리카에도 진정한 야생이랄 게 없다지만 「동물의 왕국」에 나오는 사파리에라도 가 보고 싶다. 적어도 거기 사자들은 좁은 유리창에 갇혀 있지 않을 테니까. 공부도 못하는 나 같은 애가 유학이랍시고 나가는 건 국가적 낭비니까 인간적인 소망에 따라 여행을 떠나는 건 어떨까. 영혼이라도 충족되게 말이다. 야생갈기도 한번쯤은 거기를 봐야 하지 않을까. 이름값이라도 하게.

집까지 가는 길이 참 멀게 느껴졌다. 온종일 걸어서 종아리가 뻐근한 게 이 자리에서 주저앉는다고 해도 잠이 올 지경이었다. 엄마 눈초리가 아무리 매서워도 오늘만큼은 단잠을 잘 수 있겠다 싶었는데 세상이 나를 가만두지 않기로 계획이리도 한 걸까. 아파트 앞에서 미정이와 마주치고 말았다.

"너희 집 갔다 오는 거야."

"웬일?"

"내 전화 계속 씹어서 죽었나 했지."

단단히 틀어진 말투에 좀 미안하기는 했다. 실컷 퍼부으려고 벼른 것 같더니 내 꼴이 동정심을 불러일으켰는지 미정이가 한숨 쉬며 어깨를 으쓱했다.

"오빠가 아프다며. 엄마도 안 좋아 보이더라. 기집애. 그런 건 서로 말 좀 하면 안 되니? 하여튼 재수 없어."

“나중에.”

시무룩한 대꾸에 미정이가 알아 모시겠다는 듯 끄덕이며 툭 말했다.

“편지 땜에 전화했던 거야. 중요한 거 같아서.”

“무슨 편지?”

“몰라. 라마, 그 책 속에 끼어 있더라고. 오래된 편지야. 쓴 날짜가 1998년인가 그래. 암튼 중요한 거 같아서 너희 엄마한테 드리고 가는 중이야.”

“1998년?”

그러고 보니 생각이 난다. 오빠가 심재호 패거리한테 얻어맞고 책 잃어버린 걸 걱정했었다. 그리고 편지 얘기를 흘렸었다. 재희한테 주는 연애편지, 혹은 메모쯤으로 여겼는데 그렇게 오래된 편지였다고.

“누구 편진데?”

“미안하지만 살짝 봤는데, 모르겠더라. 애벌레 어쩌구 하는 게 소설도 아니고 시도 아니고. 암튼, 받는 사람은 신유라 너였어.”

나는 뜨악해서 미정이를 보았다. 1998년에 쓴 편지가 나한테 온 거라고? 설마 그때 보낸 게 이제 도착했을 리 없고, 누가 이제야 보냈다는 건데. 그때면 난 겨우 두 살인데 그런 아기한테 보낸 편지라.

“누가 보냈는데?”

득달같이 묻자 손 흔들며 가던 미정이가 흠칫 섰다. 그리고 또
어깨를 으쓱하더니 말했다.

"나비!"

5

조각은 언제나

“나비?”

“너도 몰라? 그럼 뭐야? 암튼 읽어 봐. 가야 돼서 지금은 좀 그런데, 나중에 죄다 이실직고해라. 안 그러면,”

미정이가 또 손가락으로 목 자르는 시늉을 하고 뛰어갔다.

“나비라고?”

장난하나. 나비가 보낸 편지라니.

미정이가 흐드러지게 핀 덩굴장미 모퉁이로 사라졌다. 꽃들이 언제 저렇게 다 피어났을까. 끈적한 더위 탓인지 무거운 공기 때문인지 꽃들의 모가지가 버거워 보인다.

감히 초인종을 못 누르고 망설였다. 모든 게 나쁜 꿈이라면. 오빠라도 먼저 들어와 있든가. 제발. 번호 눌리는 소리가 유난히 거슬린다. 가슴에 꼭꼭 새겨지는 것 같아서. 암호 풀리는 소리가 마치 갈고리처럼 심장 어디쯤 들어와 쿡 박히는 기분이었다.

거실의 모든 게 정물 같다. 레이스 커튼으로 비쳐 든 오후 햇살이 텅 빈 소파와 정리 안 된 탁자에 우울하게 머물러 있을 뿐 어떤 소리도 냄새도 없다. 껍질처럼 추레한 옷가지들도 그 자리에 그대로, 커피 자국이 말라 버린 컵도 여전히 탁자에, 경제면에 고정된 신문도 그냥 있다. 모두가 버리고 떠난 공간처럼 휑하다. 혹시나 하고 오빠의 방부터 살폈다. 역시 비었다. 아빠의 서재도 비었다. 미정이가 다녀갔다는 게 정말일까.

“엄마…….”

안방 앞에서 소름이 쪽 돋았다. 마치 유령처럼 엄마가 의자에 웅크리고 앉아 있었다. 후텁지근하고 어둑한 방 안에서 아이처럼 두 팔로 무릎을 끌어안은 채. 엄마의 시선은 작은 원탁의 오빠 휴대폰에 고정돼 있었다. 안방의 격자무늬 창 그림자가 너울처럼 드리워져 분할돼 보이는 엄마. 골똘히 생각에 빠진 것도 같고 얼이 빠진 것 같기도 한 엄마 역시 또 하나의 정물이었다.

탁. 불을 켜자 찡그리고 눈부셔하며 비로소 엄마가 이쪽을 보았다. 눈두덩이 푹 꺼지고 바삭한 몰골. 야윈 얼굴이 가엾다 싶었는데 까칠한 시선이 느껴지는 순간 속이 또 뒤틀렸다. 이 지경에도 날 보는 눈빛은 그대로다. 역시 엄마에게는 오빠가 전부다. 그러나 아들이 역 광장에서 난동을 부렸다는 것조차 모르는 게 분명하다. 그 꼴이 됐으면 집에라도 올 것이지. 다친 손의 붕대에 피까지 번져 있었는데. 엄마의 살과 영혼을 빼내 가지고 오빠는 대체 어디로 가 버렸을까.

"나 배고픈데."

무심코 튀어나온 말. 낯선 사람을 건너다보듯 엄마가 나를 보았다. 그러더니 천천히 일어나 옷을 갈아입기 시작했다. 순간 등줄기가 후끈해졌다. 이 방 안 공기는 너무 텁텁해. 짜증 나게 무거워. 옷 갈아입는 소리조차 찐득하잖아.

"배고프다니까."

파리해진 얼굴에 콤팩트를 두들기는 엄마. 내 말은 들은 척도 않는다. 이런 와중에 엄마가 내 밥상을 차려 줄 리 없다. 그걸 기대할 만큼 멍청하지 않다. 그런데 이상하게도 지금 그래 달라고 오기 부리고 싶어졌다. 그저 엄마가 나를 봐 주고 전처럼 무슨 말이든 해 줬으면 싶었다. 가시처럼 찌르는 말이라도. 그러나 엄마는 기어이 나를 무시하고 구두마저 신었다.

분노가 목까지 차올랐다. 나갈 거였으면 눈에 띄지나 말지. 오빠를 내쫓은 건 내가 아냐. 신상연이 다친 건 순전히 자기 잘못이었어. 엄마는 아들 손에 독이 퍼지는 것도 몰랐잖아.

"편지 어딨어?"

간신히 누른 감정 때문에 가슴이 먹먹했다. 그제야 엄마가 나를 다시 보았다. 참았던 한숨을 간신히 내뱉기라도 하듯 숨소리가 떨리고 눈빛마저 흔들리며.

"뭐?"

쥐어 짜낸 듯한 소리에 꿈틀한 표정. 그건 묻는 게 아니라 신음 같았다. 나도 모르게 찡그렸다. 지독한 입 냄새. 속이 얼마나 끌탕이면 이런 악취를 낼까. 속이 썩어 문드러진다는 말이 이래서 나오나 보다.

"미정이가, 주고 간 거 말이야. 편지."

깨물듯 말했다. 엄마가 나를 빤히 보았다. 그러나 곧 눈길을 거두고 나가며 중얼거렸다. 그런 거 없다.

현관문이 쿵 닫혔다. 곧이어 자동으로 문이 잠겼음을 알리는 전자음. 분노가 꼭대기까지 치밀었다. 편지 같은 건 아무래도 좋다. 어차피 미정이 말은 장난 같았으니까. 나를 폭발시키는 건 엄마 자체다. 우리 사이가 쓰레기처럼 버릴 수 있는 거라면. 넝마처럼 너덜너덜해진 관계라도 엄마와 딸이어야 하는 것만큼 끔찍한 일이 또 있을까. 아들 사라졌다고 맥없이 내려앉은 엄마의 모든 게, 나를 버려진 고양이만큼도 봐주지 않는 저 냉대가 저주스럽다.

"두고 봐! 나한테 빌게 될걸!"

닫혀 버린 문에 대고 악을 썼다. 울음이 껵껵 토해졌다. 엄마는 들었을 것이다. 아직 저 너머에 있으니까. 그러나 문은 다시 열리지 않았다. 엄마는 언제나 비밀번호 너머에 있는 벽이다.

뚜르르르.

전화기 소리. 어찌나 끈질기게 울려 대는지 하마터면 전화기를 박살 낼 뻔했다. 미리내 요양원의 그 남자였다. 눈앞에 있었다면 머리통에 전화기를 날려 버렸을 거다. 목소리를 들었으면 내 상태를 감 잡았으련만 끊기는커녕 예의 차리듯 안부를 묻더니 또 신상연 어쩌고 했다.

"아저씨. 신상연 없거든요! 다신 전화하지 마요!"

전화기가 깨져라 끊어 버리고 한참 서 있었다. 엉뚱한 사람한테 분풀이한 게 찔려서일까. 들끓던 속이 엔간히 편해졌다. 눈물도 말라 버렸고 어이없는 웃음까지 나왔다. 너무 어둡다 싶어 밖을 보니 비가 쏟아지고 있었다. 창문이 열려 있어서 베란다로 비가 들이쳤다. 시원하게 흠뻑 맞았으면. 베란다로 나갔으나 창틀에 부딪혀 튀는 물방울은 감질만 나고 옷이나 더럽힐 뿐이었다. 젖은 채 창틀에 들러붙어 있는 까만 조각이 눈에 들어왔다. 종이를 태운 듯한 조각.

"편지……?"

오빠는 결국 돌아오지 않았다. 가출이었다. 역 광장에서 그렇게 보내는 게 아니었나 보다. 끝까지 따라갔어야 했다. 하지만 내 탓이 아니다. 그렇게 만든 사람은 바로 엄마다. 덕분에 편지에 대해서는 감히 물어볼 처지가 아니었다.

"편지 확실해? 내용 좀 기억해 봐."

"엄마한테 못 받았어?"

"태운 거 같아."

미정이가 '왜?' 하는 표정으로 쳐다보는 바람에 나는 입을 다물었다.

"네가 보면 안 되는 거였나? 아깝다! 직접 줄걸. 흐음. 편지라기엔 좀 이상하긴 했어. 아냐, 분명히 편지였는데."

"네 엄마 수상한걸."

눈초리 올리며 궁금해하는 수지도 무시했다. 엄마와 나 사이를 까발리게 될 소지의 것들은 조금도 꺼내기 싫다. 내용을 상기하느라 미정이 눈이 가늘어졌다.

"나의 안타까운 애벌레야. 거 뭐냐, 보드라운 촉수처럼 손기락이 가슴에…… 축복의 시간은 너무 짧아…… 에 또, 내 아픈 한 조각이라서…… 나의 아픈 조각이었나? 아우, 모르겠어. 네 엄만 그걸 왜 태웠다니? 암튼 내 느낌엔 그 애벌레가 바로 너였어."

"웃겨. 딱 들으니 촌스러운 시네. 그래도 애벌레가 뭐야. 징그럽게."

"읽을 땐 안 징그러웠어. 애벌레가 아기 같던걸."

"외국 시 베꼈나?"

수지가 픽 웃었다. 나도 웃었다. 내용을 들어 보니 누가 어쭙잖은 시 흉내를 낸 게 맞는 것 같다. 숫자야 1998년 아니라 2998년은 못 쓸까. 그런데 왜 이렇게 마음이 무거울까. 재가 되어 창틀에 끼어 있던 조각. 그건 내가 본 사실이다. 그게 편지를 태운 조각이 아닐 수도 있는데 의심이 떨쳐지지 않는다. 미정이는 분명히 엄마에게 편지를 주었다고 한다. 엄마는 그런 게 없다고 했다. 그리고 까맣게 탄 조각이 창틀에 붙어 있었다. 태운 걸 창밖에 버릴 때 흘렸을 증거. 정말 편지를 태웠다면, 왜 그랬을까. 엄마가 왜.

도대체 누가 그런 걸 보냈을까. 그게 어째서 『라마와의 랑데부』에 끼어 있었을까. 혹시 나와 상관없는 사람의 편지가 아닐까. 미정이가 훔쳐 간 건 도서관에서 빌린 책이었다. 누구든 빌려 갈 수 있는 공공의 책. 누군가 편지를 끼워 두었다가 그냥 반납했다면. 그걸 재희가 빌렸고. 그래도 이상하다. 그런 거라면 굳이 태워야 했을까. 안 그래도 오빠의 가출로 정신이 반쯤 나간 엄마가.

순간 전광처럼 떠올랐다.

나비.

사진집 『시선』의 사진작가.

머릿속이 아득해지고 가슴이 불안하게 뛰기 시작했다. 경비원이 내민 사진집, 오빠가 대출했다는 사진집, 내게 왔다는 편지. 이 모든 정황의 교집합에 나비가 있다. 숨을 깊이 들이마셨다가 천천히 내쉬었다. 그래도 떨리는 가슴이 진정되지 않는다. 나비는 사진작가다. 사람이다. 그리고 어떻게든 나와 관계가 있을 것 같은 예감이다.

“유라. 정신 차려라!”

수지가 내 등을 탁 치며 쏘아붙였다. 뭐라고 말했는데 내가 못 들은 모양이다. 나는 한숨을 폭 쉬며 지루하게 이어진 계단을 보았다. 학원에라도 가려던 건 집에 가기 싫어서였다. 달리 할 수 있는 게 없으니까. 그러나 지금은 학원에 처박히기도 싫다.

“편지, 더 생각나면 말해 줘. 꼭.”

미정이가 잠자코 끄덕였다. 나는 그대로 학원을 벗어났다. 가슴이 답답해서 전철도 타지 않고 시끄러운 길을 따라 무작정 걸어갔다. 가면서 재희에게 문자를 몇 번이고 보냈다. 내 머리를 고스란히 전송하듯 모든 걸 고백해 보내고 또 보내고. 배터리가 다 소진돼서야 그 노릇이 끝났다.

이제도 그랬다. 잠들기 진까지 내가 한 일이라고는 배터리가 닳도록 문자 날린 게 다였다. 재희를 의식하지 않은 지는 꽤 되었다. 그 번호는 그저 내 마음을 부려 두는 또 다른 나일 따름이다. 집에는 줄곧 나뿐이었다. 엄마가 아무리 몸 달아도 휴대폰까지 두고 나간 오빠를 찾기란 쉽지 않을 것이다. 작정하고 숨었겠지만 생각할수록 놀랍다. 오빠에게 엄마의 안테나를 피할 곳이 있었다는 게.

도저히 잠이 안 와서 엄마 수면제를 삼켰고 그러고도 깊이 잠들지 못해 어수선한 꿈에 시달렸다. 가수면 상태에서도 차라리 아침이 되기를 간절히 바랐는데 정작 눈을 떠 보면 여전히 나는 혼자였다. 적막한 바다 한가운데 떠 있는 기분. 절망과 분노가 무엇인지 비로소 알 것 같았다. 내 속 어디쯤에 오래된 통증이라도 가라앉아 있었던 듯 뼈를 건드리며 되살아나 분명해지던 아픔. 나에게는 위로가 필요했다. 참고 기다려 보자. 잔인하게 떠날 수 있는 타이밍을.

시립 도서관 사이트 자료 검색창에 '시선'이라 치자 '관외 대출 중'이라는 문구가 떴다. 반납 예정일이 두 주일쯤 뒤인 걸 보니 누가 이제 막 대출해 간 모양이다. 도서관에 한 권뿐이라는 사실은 『시선』이 그리 유명한 작품이 아니거나 오래되고 구하기 어려운 책이라는 뜻일 거다. 그때 속을 좀 살펴볼 걸 그랬다. 그런데 오빠는 왜 그게 보고 싶었을까. 모든 게 의문투성이. 뒤엉킨 실뭉치 같다.

피시방에 들러 시간을 죽이다 어둑해져서야 집으로 향했다. 『시선』에 대해서는 더 생각하지 않기로 했다. 정보가 별로 없는 책이었다. 서점에서 파는 것도 아니고 비치된 도서관이 더러 있어도 찾아가기에는 너무 멀다. 반납되기를 기다리면 되겠지만 사실 여기저기 검색하는 동안 심드렁해지고 말았다. 그게 나와 관계가 있을 턱이 없다는 생각이 들자 호기심마저 사라졌다.

올려다보니 아직 베란다가 어둡다. 아무도 없는 집에 들어가기가 싫어 천천히 모퉁이를 도는데 덩굴장미 향기가 훅 다가들었다. 뜻밖에도 미정이였다. 어두워서 분명치 않았으나 미정이 눈초리가 심상치 않다는 게 느껴졌다.

"이 시간에 왜 또?"

미정이가 나다닐 시간이 아니라서 농담 삼아 툭 던진 말이었다.

"진짜야? 신상연도 끼었다며! 변태, 저질!"

"왜 이러는데?"

"나, 그 자식들 알았어. 실명 다 안다구. 심재호가 아니라……."

뜨악해서 미정이를 보았다. 당황해서 처음에는 몰랐으나 이내 짐작이 됐다. 윤재희 폭행 가담자들. 어떻게 알았을까. 결국 소문이 제대로 난 것일까. 엄마 말대로 사건 해결이 안 되었다면.

"아, 불결해!"

미정이가 내 가슴을 아프게 쳤다. 쳤다기보다 감정을 실어 책을 던진 거였다. 홱 돌아서는 미정이 팔을 붙잡았다.

"누가 그린 밀 했어?"

"누가 했든! 그런 놈인 줄도 모르고. 너도 재수 바가지야!"

열이 확 치솟았다. 이건 엄밀히 신상연 문제다. 나와 무슨 상관이라고 이런 불똥까지 감당해야 한담. 어쨌거나 어둠 속에서도 차갑게 비틀리는 표정이 느껴졌고 나 또한 냉정해져 가차 없이 돌아섰다.

오빠에 대한 미정이 감정은 저 혼자만의 것이었다. 오빠를 위해 수첩을 고르고 화장하고 책을 훔쳐도 미정이와 오빠가 어떻게 되리라는 상상을 해 본 적 없다. 이런 일이 아니라도 둘은 그다지 어울리는 그림이 아니다. 내 눈엔 미정이 수준이 가당치 않아 보였다. 그런 애가 오빠를 간단히 모욕했다. 그 자리에 같이 있었다는 것뿐, 가해자도 아닌데, 분명히 아닌 것 같은데 오빠가 추악한 사건의 주범으로 전락해 버린 게 분명하다.

『라마와의 랑데부』.

책이 오물 덩어리처럼 느껴지기도 처음이다. 버릴 수도 없고 가져가기도 께름칙한 책. 그걸 어쩌지 못해 하며 가다 멈칫했다. 뒤를 잡아당기는 듯한 강렬한 이끌림. 테니스 코트 담장에 그림자처럼 기대서 나를 보고 있는 사람. 동물적 직감으로 그가 경준이라는 것을 알았다. 여긴 왜 왔을까. 혹시 미정이가 온 것과 같은 이유일까. 혹시 실명 거론이 나 때문이라고 생각하나. 미치겠다. 심장을 관통하듯 나를 아프게 긴장시킨 이 떨림의 정체가 뭘까. 그가 등 뒤에 있음을 알면서도 집으로 가는 내내 참 복잡하고 이상한 감정에 시달려야만 했다.

집이 비었다는 걸 알지만 초인종을 눌렀다. 침묵. 가슴이 뜨겁게 먹먹해졌다. 얼마나 더 견디어야 아무렇지도 않아질까. 내 속에는 참아진 눈물이 너무 많은 게 탈이다. 바닥에 널브러진 스타킹에 시선이 머물렀다. 아침에는 없던 껍질. 지친 몸뚱이에서 떨어져 나온 우울한 그 증거만이 어제와 다른 거였다. 불 대신 티브이를 켰다. 창밖에 번질 불빛도 신경 쓰여 커튼을 치고 휴대폰 충전기를 꽂았다. 여기까지 찾아오는 애라면 이 창문도 보고 있을지 모른다. 곧바로 들어오는 문자.

죽지 않다니. 이건 협박이다. 경준이가 날 의심하는 게 틀림없다. 억울한 심정보다 그가 두려운 마음이 더 크다. 오빠나 김민과는 질적으로 다를 것 같은 애. 심재호 패거리와 어울렸던 것 말고는 또래와 노는 것도 못 보았고 늘 혼자 생각하는 타입으로 보였다. 애인지 어른인지 종잡을 수 없는.

휴대폰을 내려놓는데 문자가 또 들어왔다. 확인할까 말까 망설이다 액정을 밀어 올렸다. 몸이 굳어 버리는 듯했다.

어쩜 미리내깄을지도

재희의 문자.

"윤재희 주소?"

그게 왜 궁금하냐고 묻고 있는 담임의 표정. 나는 잠자코 있었다. 담임에게는 어떤 대답도 하고 싶지 않다. 재희의 결석이나 소문에 대해 눈도 귀도 닫아 버린 사람이다. 섣불리 말할 사안도 그럴 입장도 아니라는 건 이해한다. 그러나 담임선생님이란 적어도 일반 중년 남자와는 달라야 한다는 게 내 도덕적인 기준이다. 담임이 그 역할에 적절한 사람이었다면 폭행 피의자로 의심받고 있는 신상연의 동생이라는 사실만으로도 내가 이렇게 빳빳이 고개 들고 피해자 주소를 물을 수도 없었겠지만.

주소가 적힌 포스트잇을 받을 때까지 담임과 같이 있는 시간은 고역이었다. 비딱하게 느껴지는 시선. 나를 통해 궁금증을 풀고 싶어 하는 걸 충분히 알겠다. 그러나 미안하게도 내가 아는 것들이란 분명치 않고, 나는 어떤 말도 안 할 것이며 재희 주소가 필요한 의도 역시 단순하다. 다만 재희를 만나고 싶을 뿐. 어제 문자에는 생략된 게 너무 많았다. 전화를 걸어도 받지 않으니 찾아갈 수밖에 없다고 판단했다.

미리내. 문자에 찍힌 미리내가 미리내 요양원인지 궁금하다. 흔하게 쓰는 말이 아니라서 같은 곳으로 짐작된다. 어쩌면 아닐 수도. 거기서 온 전화를 얼마 전에도 받았었다. 그 남자에게 다시는 전화하지 말라고까지 해 버렸다. 오빠에 대해 뭔가 알 수도 있었을 텐데. 이 구제불능.

반 애들 전체가 미정이나 수지처럼 굴지 않는 건 천만다행이었다. 소문이 쫙 퍼지지는 않은 것이다. 그러나 미정이와 수지가 아니면 누구와도 어울리지 못하는 애가 나다. 그들의 외면은 곧 내가 낄 곳이 전혀 없다는 얘기가 된다. 재희를 만나야 하는 좀 더 솔직한 이유이기도 하다. 그들로부터 떨어져 나와도 내 끈이 어딘가에 닿아 있다는 걸 확인하는 게 어쩌면 오빠의 소재를 알아내는 일보다 더 간절한지도 모른다.

"너라도 만나 주면 다행이겠다. 일체 면담 사절이니."

담임의 혼잣말 같은 소리를 뒤로하고 교무실을 나왔다. 교장실을 지나다 김민 엄마와 마주쳤다. 옷깃을 스칠 정도로 가까이 지나쳐 가면서도 나를 알아보지 못한 아줌마를 슬며시 돌아보았다. 문 앞에서부터 깍듯하게 인사하며 교무실로 들어가는 아줌마가 영 거슬린다. 왠지 그들의 문제가 전혀 해결되지 않았을 거라는 확신이 점점 강해지고 있다.

주소지를 찾아가며 문자를 몇 차례 보냈으나 무응답. 어제 그 문자를 받기 전에는 나의 일부처럼 여겨지던 번호가 이제는 냉소적인 누군가의 뒤통수처럼 불편하다. 주소지는 변두리의 좁은 골목 끄트머리 오래된 연립 주택 빈지하였다.

딸을 유학까지 보냈던 집이라고는 믿어지지 않아 주소를 다시 확인했다. 초인종도 없어서 녹슨 문을 두드려야만 했다. 혹시라도 재희 엄마가 나올까 봐 걱정이 좀 됐다. 우리 집에서 나와 엘리베이터를 탈 때의 표정, 교장실 앞에서 본 표정이 머리를 떠나지 않는다. 내가 신상연 동생이라는 걸 알면 그냥 보내지 않을 거라는 생각에 께름칙해도 재희를 기어이 만나고 싶었다. 어쩌면 엄마보다 먼저 오빠의 소재를 알아낼지도 모른다. 지금으로선 재희만이 힌트를 가진 것 같으니까. 그리고 나비도 궁금하다. 나와는 무관하다 싶다가도 궁금증이 꼬리를 물고 일어나니 어쩔 수 없다.

아무도 없는지 안에서는 도무지 기척이 없다. 얼마쯤 지났을까. 문 옆 계단에 쪼그리고 앉아 휴대폰을 들여다보고 있는데 액정이 환해졌다. 곧이어 음악 소리. 낯선 번호였다. 전화만 걸었지 저쪽에서는 한동안 말이 없었다.

"누구세요?"

한참 만에야 소리가 났다.

"윤재희."

가슴이 찌릿하며 나도 모르게 신음했다. 또 침묵.

갑자기 혼란스러워졌다. 이 낯선 번호는 뭘까. 설마 이게 재희 번호일까. 그렇다면 내가 보냈던 숱한 그 문자들은 다 어디로 갔을까. 경준이 휴대폰에서 얻은 번호가 사실은 재희와 상관없는 거였다면 그동안 얼마나 웃기는 착각을 한 것인가.

"어제, 그 문자 보낸 사람, 너 아니었어?"

조심스레 물었다. 여전히 침묵. 아니라고는 안 한다.

"미리내, 거기가 어딘지……. 난 그냥, 좀 더 자세히 알려 줬음 해서. 신상연 있는 데라면."

답답해 돌아가시겠다. 전화가 끊긴 건 아니었다. 한참 만에야 응답이 왔다. 아니, 그건 질문이었다.

"정말, 아프니? 기억 상실……."

신상연에 대해 묻고 있다. 말을 잊었다 겨우 하게 된 사람처럼 띄엄띄엄 하는 말. 가슴이 싸해졌다. 낮고 건조한 말투에서 재희가 얼마나 외로웠는지 느껴졌다. 재희와 신상연. 둘은 정말로 사귀었나 보다.

"내가 보낸 문자, 다 봤니?"

무응답.

"사실이야. 바보가 됐어."

아무 대꾸가 없다. 우는 것 같다. 별안간 나도 울컥해서 입술을 꼭 물었다. 싫다. 신상연 때문에 우는 건. 그런데도 눈물이 났다. 이 웃기는 관계는 뭐람. 우린 말조차 나눈 적 없는데 같이 울고 있다. 문을 사이에 두고, 우리가 아니라 신상연 때문에.

"오빠, 아니지? 심재호가 그러던데……."

저쪽에서 신음 같은 소리가 났다. 아차 싶었다. 상처를 건드리는 말 같은 건 꺼내지 말았어야 했는데. 간신히 이이진 줄을 놓칠까 봐 나는 조바심이 났다.

"미안해. 지금 소문이,"

"미리내 요양원으로 가."

그 말을 끝으로 뚝, 전화가 끊겼다. 정신이 멍했다.

바로 옆, 문 너머가 이렇게 아득하다니. 고작해야 일 미터도 안 되는 곳에 있지만 휴대폰에 겨우 의지한 우리 사이에는 지구를 벗어날 만큼의 거리가 있었다. 어쩌면 나 혼자 일방적으로 마음을 다 줘 버린 것 같아 허탈했다. 그래도 그리 나쁘지만은 않다. 재희 목소리가 이랬구나.

미리내 요양원. 오빠는 이 경황에 설마 거기서 봉사 활동이라도 하고 있나. 재희가 그런 짐작을 했다는 건 재희가 오빠와 꽤 많은 부분을 공유했다는 얘기고, 내 문자를 빼놓지 않고 확인했다는 뜻이다. 전화야 다른 걸 쓸 수도 있지.

빈집이 아니었다. 웬일로 아빠까지 일찍 와 있었다. 학원 빼먹고 일찌감치 왔어도 무관심인 걸 보면 오빠에 대해 알아낸 게 별로 없는 모양이다. 가족보다 일이 중요했던 아빠가 절망적인 얼굴로 의자에 파묻혀 있는 걸 보자 갈등이 좀 됐다. 거기를 같이 가 보자고 할까. 아니다. 이 집에 딸자식도 있다는 걸 망각한 사람들과는 뭘 나누기가 싫다.

인터넷으로 미리내 요양원을 검색해 보았다. 안성시 양성면. 자가용으로 가야 하는 시골인데 실버타운과 요양원을 겸한, 시설 규모가 꽤나 큰 곳이었다. 엄마 아빠가 짐작도 못 하는 게 분명한 이런 곳이 도대체 오빠와 무슨 상관일까.

저녁을 먹으며, 화장실에 가며, 냉장고에서 물을 꺼내 마시며 자연스레 알게 되었다. 지금 오빠가 실종 신고 상태라는 것, 가해자들의 실명이 유출돼 상황이 더 나빠졌다는 것, 특단의 조치로 오빠의 유학이 불가피하다는 사실.

새벽에 겨우 잠들었다가 깼다. 밤새 나를 괴롭히고도 몽롱한 머릿속에 맨 먼저 떠오른 말. 상연이 찾으면 바로 데리고 나갈 거야. 픽 웃음이 난다. 필리핀 어떤 집으로 나를 혼자 보내려던 엄마였다. 아드님은 데리고 나가시겠단다.

짭짤한 기분도 선잠도 싹 씻어 내게 샤워나 할 참이었다. 그런데 옷장을 열자마자 가방이 눈에 들어왔다. 가출하고 싶어 싸 두었던 가방. 너에게 부족한 건 언제나 용기였어. 가방이 속삭였다.

집을 버리고 나오는 쾌감. 오빠도 이런 걸 느꼈을까. 새벽 공기. 간간이 청소부의 비질 소리가 들리는 거리와 비어 있는 도로를 보고, 잠에 취해서 고개를 떨어뜨린 사람들뿐인 지하철을 탔을까. 버스 터미널에서 차 시간을 기다리며 불안해했을까.

"학생 봉사 활동? 누가 그런 걸 하러 와. 이 시골까지."

출입문 경비의 말에 피로가 확 몰려왔다. 오는 동안 내내 걱정하던 게 현실이 되었다. 재희 말만 믿고서 미리내 요양원을 찾아가는 게 멍청한 짓은 아닐까 의심스러웠는데. 정보실 같은 데를 통하면 요양원에서 봉사 활동 담당자를 만나는 건 문제가 아닐 거라고 생각했다. 거기서 오빠의 소재를 알 수 있을 거라는 생각 자체가 너무 단순했던 거다. 전화로도 알아볼 수 있는 사실을 미련하게도 대중교통을 이리저리 바꿔 타고 다리 아프게 걷고 왕복 택시 요금을 지불하고 와서야 확인하다니. 택시도 잘 들어오지 않는 곳이라 시내로 나갈 일이 막막한 여기서 고작 들은 이야기가 학생 봉사 활동이 아예 없다는 것.

재희는 전화를 받지 않았다. 기분 참 더럽다. 나를 골려 먹은 재

희가 어이없고 내 편이 돼 줄 리 없는 애를 믿고 여기까지 온 내가
한심하다. 재희가 내게 호의적일 이유가 전혀 없는데 어째서 그대
로 믿어 버렸을까.

재밌니? 여긴봉사 활동가튼거업대!!!!

문자 보내고 그늘진 의자에 주저앉았다. 산책하는 환자들을 무
심코 바라보며 택시가 들어오기를 기다렸다. 비싼 요금이 걱정이
지만 지금으로서는 달리 방법이 없다. 서둘러도 저녁에나 돌아갈
수 있을 것이다. 생각할수록 내가 바보라는 생각밖에 안 든다. 그
런데도 웃음이 났다. 어쩌면 오빠는 핑계였다. 나는 가출이 하고
싶었던 거다. 쪽지 하나 안 남기고 나온 것, 학교 빼먹은 것, 아주
낯선 곳에 온 것. 언젠가는 꼭 해 보고 싶었던 거다.

폴라로이드 카메라로 휠체어의 할머니를 찍었다. 간병인이 할
머니를 거기다 두고 가서 오지 않고 있다. 머리에 드리워졌던 그늘
은 이미 뒤로 밀려났고 뙤약볕이 고스란히 내리쬐어 할머니가 더
울 것 같다. 그늘로 밀어 줘야겠다 싶어 다가가는데 아까 그 경비
가 손짓하며 불렀다.

"학생. 2시 출발 셔틀버스 타. 택시보다 한참 싸니까."

주중이라 시내로 나가는 셔틀버스는 그게 마지막이니 놓치지
말라는 말도 덧붙였다. 그런 게 있는 줄 알았으면 돈도 아끼고 고

생도 덜 했을 텐데. 출발 시간이 좀 남아 있다.

"저분, 안에까지 밀어 드려도 되죠?"

도움을 준 게 고마워서 내 마음도 선선해졌다. 그래서 경비가 뭐라고 하기도 전에 가서 할머니의 휠체어를 밀었다. 의사 표시도 움직임도 불가능한 할머니라 내 도움에 별 반응이 없었다. 안에서 수다 떨던 간병인이 나를 위아래로 훑어보며 다가왔을 뿐이다. 그때 휴대폰 진동이 느껴졌다.

임정옥

분명히 재희 답장. 뜻밖이다. 기대도 안 했는데. 나를 놀리려던 건 아닌 모양이다. 그런데 뜬금없이 이 촌스러운 이름은 뭐람. 기왕 보내는 거 앞뒤 잘라먹을 게 뭐야. 야박하게 달랑.

"환자를 찾으란 거야? 스무고개 하나……."

원격으로 조종당하는 기분이랄까. 이렇게 된 마당에 한 번만 더 우스워져 보기로 했다. 임정옥이라는 환자가 오빠와 관계가 있기나 한지 영 의심스럽지만.

"아, 모란관 18호."

사무실 직원이 손가락으로 위층을 가리켰다. 모란관 18호. 나도 모르게 되뇌었다. 참 이상한 데서 빗장이 풀리는 기분. 도대체 뭐지. 전혀 예상 못 했던 사건으로 빨려 들어가는 느낌이다. 여기서 통할 키워드가 봉사 활동이나 신상연이 아닌 건 분명하다. 임정옥. 도대체 재희가 아는 게 뭘까. 어째서 걔가 오빠의 무엇에 대해 가족보다 더 많이 안단 말인가.

꺾어진 계단을 올라 복도를 걸어가며 병실에 붙은 숫자를 살폈다. 병원과 달리 복도는 한산하고 위급해 뵈는 환자도 없고 문을 열어 놓아서 병실 내부도 볼 수 있었다. 똑같은 복장으로 하나같이 누워 있는 환자들. 병실마다 고여 있는 퀴퀴한 냄새만이 그들이 정물이 아니라는 걸 확인시키고 있었다.

18호 앞에 걸음이 멎었다. 환자 넷이 사용하는 병실이었다. 두 사람은 자는지 미동도 않고, 반쯤 세운 침대의 할머니는 멍하니 창밖을 보고 있었다. 그리고 비어 있는 침대 하나. 침대에 붙은 임정옥, 38세라는 명찰. 그뿐이었다. 신상연은커녕 오빠와 관계가 있을 법한 무엇은 털 끄트머리도 찾을 수 없었다.

"할머니. 여기, 임정옥 환자는 어디 가셨어요?"

할머니는 창에서 시선을 돌리지도 무슨 대답을 하지도 않았다. 다시 물었어도 마찬가지였다. 설마 재희에게 또 당한 걸까. 입술을 깨물며 시간을 확인했다. 지금 나가지 않으면 셔틀버스를 놓친다. 불쾌한 심정으로 돌아서는데 시선을 잡는 게 있었다.

침대 머리 탁자에 놓인 액자. 맨발의 여자아이가 건조해 뵈는 풀밭에 모로 누워 있는 사진이다. 어디선가 본 듯한 이미지. 시간이 촉박해 병실을 서둘러 나오면서도 내내 신경이 쓰였다. 마치 중요한 걸 두고서 떠나는 것처럼. 그게 뭔지 깨달았을 때는 셔틀버스가 요양원을 한참 벗어난 뒤였다.

"아, 나비!"

그건 『시선』의 표지에서 본 이미지였다.

오빠는 끝내 돌아오지 않았고 엄마 아빠에게 소재를 들키지도 않았다. 어딘가에 잘 있는 건 틀림없다. 사고를 당하면 바로 연락이 온다고들 하니까.

아침 방송 때부터 나는 멍했다. 학생 회장 얼굴이 비쳐야 할 때에 부회장이 대신 나오는 게 이상했다. 그것에 대해서는 어떤 설명도 없고 나처럼 그 사실에 예민한 애도 없는 것 같았다. 예상 밖이다. 실명이 밝혀졌는데도 그것에 대해 떠드는 분위기가 아니다. 내가 결석한 사이에 무슨 일이 있었던 걸까. 장우람은 어찌 된 걸까. 미정이와 눈이 마주쳤다. 싸늘하게 돌아가는 시선. 수업 시간에는 딴생각에 빠져 선생님에게 여러 번 지적당했다. 그때마다 미정이가 나를 보곤 했다.

미정이와 수지가 팔짱까지 끼고 착 달라붙어 걸었다. 유치하게도 나를 의식해서 그러는 모양이다. 어쩌면 그 소문을 속닥거리는 중일지도 모른다. 까짓, 둘이 붙어 버린대도 상관없다. 기분 더러울 뿐이지.

학원으로 들어가려는 걸 막자 미정이가 픽 웃었다.

"나, 신상연 아니잖아. 걔 땜에 나한테 이러지 마."

"내가 너무하는 거 같니?"

"실명, 그거 누가 말했어?"

"너, 진짜 웃긴다. 그거보다 네 오빠가 끼었다는 게 중요하지 않아?"

"나한텐, 누가 말했는지가 더 중요해. 협박당하고 있거든."

미정이 눈이 휘둥그레졌다. 언제 화가 났었느냐는 듯 궁금해하는 저 표정이야말로 미정이답다. 단번에 분위기를 잡아 버린 셈이다. 궁금해 죽는다고 해도 말하지 않을 거다. 그나마 들을 수 있는 기회를 저버린 건 미정이 자신이다. 그보다 지금 나에게 중요한 건 실명이 밝혀진 경위다. 억울하게 의심받지 않으려면 실명이 누구한테서 나왔는지 알아야 한다. 갑자기 미정이가 자기 휴대폰을 열고 문자를 죽 확인하더니 들어 보였다.

4.18 이경준 장우람 김민 신상연 성폭력범 처벌하라

"나한테만 온 거 아냐. 민주 언니도 받은 거 같아. 학생 회장 여친이잖아. 비밀로 해 주면 좋겠다고 하더라."

둘이 커플이라는 건 나도 안다. 민주 언니는 방송실 학생 책임자고 학생 회장 못지않게 도도한 인물이다. 미정이 표정을 보니 그런 사람과 비밀을 나눠 가진 게 우쭐한 모양이다.

"옆반 희라도 찾아와서 또 얼마나 놀랐게. 방송실 날라리 말이야. 개도 문자 받았대. 난 김민이랑 사귀는지 몰랐는데."

문득 액정 위쪽에 찍힌 번호가 눈에 들어왔다. 낯익다. 재희 번호. 내가 숱하게 문자 보내던 바로 그 번호.

"너, 그 번호, 그거 보낸 사람 누군지 알아?"

"아니. 전화했더니 어떤 초딩이 받아. 핸폰 생긴 지 이틀 됐대. 암튼, 이걸로 그 커플들 끝장났어. 당연하지! 근데 웃겨. 그딴 놈들은 지옥 가야 되는데 비밀로 지켜 줄 건 뭐야!"

폭탄 같은 문자를 보내고 재희가 휴대폰을 해지한 게 분명하다. 그래서 나한테는 다른 번호가 찍혔던 거다. 재희가 실명을 거론하다니. 다른 누구도 아닌 피해자 바로 그 자신이. 쉬쉬하던 일이 만천하에 드러나면 자기도 치명적일 텐데.

뒤에서 미정이가 나를 불렀던 것 같다. 나는 잠자코 거기를 떠나 어두워지는 거리를 오래오래 걸었다. 더 이상 생각이라는 걸 할 수도 없고 몸이 주저앉을 만큼 지쳐서야 집에 돌아왔다. 그리고 이내 잠에 빠져들었다. 그래도 어렴풋이 들은 게 뇌리에 남았다. 여우 같은 여편네. 민이란 놈을 소리 소문 없이 전학시켰더라고.

그 말이 되살아난 건 교장실 앞을 지날 때였다. 소리 소문 없이 전학시켰대. 며칠 전에 마주친 민이 엄마가 문득 떠올랐다. 그래서 찾아왔던 거구나. 오빠를 전학시킬 수도 데리고 떠날 수도 없게 된 엄마로서는 뼈아픈 소식이었을 거다.

안에서 누가 나오는 것 같아 얼른 계단을 올라갔다. 그러나 곧 멈칫했다. 경준이와 어떤 아줌마. 한눈에도 귀부인으로 보이는 아줌마가 나오고, 교장이 따라 나오더니 정중하게 목례까지 했다. 전학 문제는 재고해 보시지요. 소문이라는 건 시간이 해결할 거고.

들지 말아야 할 소리를 들어 버린 것 같았다. 나는 뒤도 안 돌아보고 부리나케 계단을 올라갔다. 하지만 교실로 못 가고 복도를 지나 다른 쪽 계단으로 다시 내려왔다. 운동장을 가로질러 교문 밖으로. 수업 시작을 알리는 벨 소리가 아득하게 느껴졌다.

지금 나를 이끄는 건 나 아닌 무엇이다. 학교를 나왔을 때부터 이러면 안 된다고 생각했다. 그러나 발길을 돌리지 못했다. 쏘아 버린 화살처럼 돌아갈 수 없어서 그냥 갔다. 터미널로 갔고 시외버스를 탔다. 궁색한 변명으로 그날 숙제처럼 남겨 두고 온 사진 이미지를 생각해 냈다. 그것에 끌려가고 있다고.

에어컨 바람이 너무 세 시린 양팔을 엇갈려 꼭 붙든 채 내내 창밖을 보았다. 솔직해지자. 대체 이 꼴이 뭐람. 학교를 나올 것까지야. 경준이가 어디로 전학 가 버리든 무슨 상관이라고.

버스가 터미널로 들어설 때쯤 마음이 편해졌다. 어차피 돌아가기에는 너무 멀리까지 왔다. 꼭 다시 미리내를 찾아가려고도 했었다. 그날이 오늘일 뿐이다. 오빠 소식이라도 알 수 있다면 나의 무단이탈은 설명이 될 텐데.

누가 뒤에서 나를 잡았다.

"여긴 왜?"

하마터면 비명을 지를 뻔했다. 경준이가 왜 여기 있을까. 환영은 아니다. 같은 버스를 타고 온 것 같다. 전철에 버스까지 몇 번 갈아 타면서도 눈치를 못 채다니.

침착해지려고 애쓰며 서둘러 셔틀버스 정류장으로 갔다. 두근 거리는 가슴을 진정하느라 경준이 쪽으로는 고개도 못 돌렸다. 미리내 요양원이라는 목적지마저 없다면 지금 내 꼴이 얼마나 더 우스울까. 다행스럽게도 셔틀버스까지 나를 기다려 주었다. 경준이도 뒤따라 탔다. 그리고 건너편 자리에 앉았다.

요양원까지 가는 동안 창 쪽만 보았다. 그러나 신경은 온통 경준 이에게 쏠렸다. 여기까지 따라오다니 재야말로 무슨 생각인 걸까. 교복 차림으로 어기까지 온 니도 이상하지민 엄마와 같이 있던 애 가 여기 있는 건 더 이상하다. 나야 책가방이라도 있지만 그에게는 그나마도 없다.

"아, 여기였어."

요양원 앞에서 맨 처음 경준이가 중얼거린 말. 꽤나 거슬렸다. 주차장을 지나 야트막한 언덕을 오르는데 경준이가 또 중얼거렸다.

"결국 뇌관이 건드려진 건가."

뇌관. 그의 문자에 있던 단어다. 암호도 아니고 도대체 무슨 말이람. 궁금증이 풀렸으면 하고 쳐다보았는데 경준이는 고개를 약간 처들기만 했다. 건방지고 사람 비위 상하게 하는 저 태도. 숨어 버린 오빠, 전학이라는 방법으로 도망친 김민에 비해 얼마나 뻔뻔한 표정인지.

"도대체 뭐가 뇌관이라는 거야?"

경준이 표정이 다소 일그러졌다. 내 얼굴에서 뭘 찾아내기라도 하려는 듯 빤히 보는 게 불편했지만 이번만큼은 나도 시선을 피하지 않았다.

"날 왜 따라온 거니?"

"어딜 가는지 궁금해서."

"왜? 실명 거론, 나 아닌데."

그는 나를 보기만 했다.

"미안하지만, 나 아니라구. 윤재희였어. 걔라면 뭐, 놀랄 일도 따질 입장도 아니잖아?"

경준이는 침착하려고 애썼다. 그러나 눈썹이 꿈틀하고 어금니를 깨문 듯 볼이 씰룩이는 걸 나는 보았다. 무서운 게 없고 죄책감도 느끼지 않는 것 같은 애가 제대로 한 방 먹은 모양이었다.

"그런다고 뭐가 달라지나."

피식 웃으며 중얼거린 말. 정떨어지는 반응이다. 이번에는 내가 어금니를 깨물고 돌아섰다. 처음으로 경준이가 징그럽다는 생각이 들었다. 재희를 겁탈하는 장면도 야동 같은 이미지로 떠올라 소름이 끼쳤다.

행여 눈물이라도 날까 봐 뛰다시피 걸었다. 어째서 내 가슴이 이렇게 아파야 하나. 억울하고 분하다. 왜 하필 저렇게 나쁜 놈 때문에. 걸음을 멈추었다. 그리고 휴대폰 고리로 매달았던 젠더를 풀어 경준이에게 던지다시피 주었다.

"제발 가. 따라오지 말라구."

서랍에 있는 휴대폰 생각이 났다. 그게 나한테 있다는 걸 경준이는 모른다. 충전하지 못해서 그날 이후로는 음악을 듣지도 못했다. 이젠 그것도 버려야 할 것 같다. 그가 추악한 사건의 가해자라는 사실이 왜 자꾸만 희석될까. 나의 미친 감정은 여기까지다. 그만두어야 한다.

모란관 18호.

복도에서부터 좀 시끄럽다 싶었는데 병실에 사람이 많았다. 창밖을 멍하니 내다보던 그 할머니의 손님들이 와 있었다. 비위 상할 만큼 썩은 내 진동하는 병실에서 애들이 뛰어다니고 어른들은 기도를 하더니 찬송가를 부르기 시작했다. 간병인은 다른 침대의 환자를 휠체어에 옮기느라 애를 먹고 있었다. 몸이 늘어지고 머리를 심하게 떠는 아줌마였다.

임정옥 자리는 아예 침대마저 안 보였다. 남아 있는 건 탁자와 거기에 놓인 작은 액자. 그걸 집어 들자 간병인이 좀 큰 소리로 알은체를 했다.

"아, 그때 그 학생이구나!"

목례로라도 인사를 할 수밖에 없었다. 손님들을 의식해서인지 간병인은 그날보다 상냥하고 우호적인 인상이었다.

"봉사 활동 하는 학생이랬지?"

간병인에게는 봉사 활동이라는 말조차 꺼낸 적 없다. 아마도 경비원에게 무슨 이야기를 들은 모양인데 그나마도 잘못 알아들은 것 같다. 그걸 따질 수는 없었다. 간병인이 다가와 속삭이듯 말해서 더 그랬다.

"샤워실에 좀 가."

"네?"

"가서 좀 도우라고."

"뭘요?"

"아, 저쪽 아줌마가 일 저질렀는데 이쪽 아줌마 가족이 온다잖아. 오는 날도 아닌데 뭔 바람인지. 하필 관장하는 날⋯⋯. 쯧, 가타부타 말 많은 사람들이라 먼저 씻기고 냄새도 빼야 돼."

도무지 무슨 말인지 모르겠다. 그런데도 간병인에게 등 떠밀려 병실 밖으로 나올 수밖에 없었다. 복도에 경준이가 서 있었다. 아직도 내가 의심스러운가 보다.

간병인이 쩔쩔매는 걸 보고서야 갑자기 찾아오는 '이쪽 아줌마' 가족 때문에 '저쪽 아줌마'의 샤워 차례가 바뀌었다는 걸 짐작했다. 모란관 18호 환자가 모두 그녀의 소관인 듯했다.

문 앞에 서 있는 내게 어서 움직이라는 시늉을 하며 간병인이 아줌마를 우악스레 잡아당겼다. 자기보다 큰 덩치를 이를 악물고 다루는 걸 보니 무시하고 그냥 서 있기도 어려웠다. '저쪽 아줌마' 란 임정옥 환자를 말하는 게 분명했다.

"샤워실, 왼쪽."

간병인 입이 왼쪽으로 찌그러지는 것 같았다. 어이가 없다. 그걸 왜 내가 해야 한담. 혹시 오빠의 봉사 활동이 이거였나. 아, 또 착각. 여기에는 학생 봉사 활동이라는 게 아예 없다고 했는데. 정말 내키지 않았으나 샤워실에 가 보기로 했다. 그 사람이라면 내가 여기 온 이유라고 할 수도 있다. 도와주는 게 나쁜 일도 아니고. 내가 복도 끝 왼쪽으로 갈 때 경준이는 복도의 긴 의자에 앉아 젠더를 만지작거리며 눈으로 나를 좇았다.

왼쪽 샤워실 앞에 임정옥 명찰이 달린 침대가 있었다. 샤워시킬 때 침대끼지 밀고 외야 할 정도면 기동이 아주 불편한 환자가 분명하다. 그런 환자를 나더러 어쩌라고.

문을 열자마자 습하고 역겨운 냄새가 훅 끼쳐 왔다. 헛구역질을 하며 문을 닫으려다 멈칫했다. 목욕탕 때밀이 간이침대처럼 낮고 기다란 침대. 그리고 그 위에 놓인 벗은 몸 하나. 손님이 몰려올 병실에다 똥 냄새를 풍기고 쫓겨난 환자다. 나도 모르게 입을 막았다. 태어나서 이런 광경은 처음이다. 간병인이 말한 저쪽 아줌마. 그 몸은 비닐 씌운 딱딱한 그 침대에 가져다 놓은 무엇으로밖에 안 보였다. 너무 마르고 기다란 알몸. 흡사 막대기 같은 그 몸이 떨리고 있었다.

“아, 세상에…….”

빨래통에 던져진 환자복으로 몸을 덮어 주었다. 그 정도로는 환자의 추위를 막지 못했다. 상황이 아무리 곤란해도 환자를 벗겨 이렇게 두다니. 아주 불량한 간병인이다. 저번에도 휠체어의 할머니를 뙤약볕에 방치했던 사람이니.

움푹한 볼에 퀭한 눈. 그 눈이 나를 보고 있었다. 명치 깊은 데가 저릿했다. 몸은 말라비틀어진 노인 같은데 눈은 그렇지가 않다. 38세. 명찰에서 그렇게 봤던 것 같은데. 아직 젊은 사람이 이렇게 흉측하게 변할 수 있다는 게 충격이다.

사실은 정말로 그 눈이 나를 보는지, 이쪽으로 눈이 고정돼 버렸는지 확실하지 않았다. 그건 중요하지 않다. 이렇게 추위하는 사람 앞에서는. 빨리 따뜻하게 해 주어야 할 것 같았다. 병실로 데려가든지 몸을 데워 줘야 한다. 이 상태로 나가는 건 좋은 방법이 아니다. 더운물이 나을 것이다. 하지만 나는 남의 몸을 만져 본 적이 없다. 다른 애들은 엄마랑 같이 목욕탕 가서 등도 밀어 준다는데 나는 엄마의 등을 제대로 본 적도 없으니까.

가방을 벗어 빨래통에 넣고 더운물을 틀었다. 그러나 선뜻 냄새 나고 뻣뻣한 그 몸에 손이 내밀어지지 않았다. 물이 튀어 앞자락이 젖고 발마저 젖었다. 그녀의 눈은 여전히 나를 보고 있었다. 투명하고 슬퍼 보이는 눈이다.

“아, 어떡해…….”

도저히 뭘 어떻게 할 수가 없다. 여기까지 들어오는 게 아니었다. 봉사 활동 온 게 아니라는 걸 분명히 말했어야 한다. 간병인을 부르는 게 낫겠다 싶어 나가려는데 눈동자가 나를 따라 움직였다. 분명히 나를 보는 거였다. 아까보다 심하게 떨면서 간절하게. 무섭고 울고 싶어졌다. 이 상황에서 도망치는 건 정말이지 도리가 아니라는, 사람의 양심으로는 도저히 거역하기 어려운 요구가 나를 붙들었다.

조금 열린 문틈으로 경준이가 보였다. 눈이 마주쳤다고 느낀 순간 경준이가 들어왔다. 숨이 턱 막혔다. 그 역시 헛구역질부터 했다. 그를 막아서며 울음을 참고 간신히 말했다.

"간병인 불러 줘."

"저쪽에 들어갔어."

저쪽이란 오른쪽 샤워실일 터였다. 간병인이 거기서 그 환자부터 씻기는 모양이다. 물을 틀며 그가 중얼거렸다. 같이 해. 나는 여전히 그를 경계하며 환자의 가운데를 가렸다. 도움이 절실하게 필요한 환자라도 여자고 알몸이다. 참 이상하게도 가엾을 정도로 마른 여자의 몸을 경준이가 본다는 게 나는 부끄러웠다.

어설프지만 우리는 최선을 다해 환자를 씻겼다. 입을 꾹 다문 채. 가끔 경준이가 역겨운 듯 고개를 돌리곤 했다. 나는 환자의 주요 부분에 신경이 쓰여 수건으로 가려가며 몸을 닦았으나 갈비뼈 선명한 가슴에 붙은 건포도 같은 유두며 거뭇한 가랑이 사이를 그가 전혀 안 보았을 거라고 생각할 수가 없었다. 그래서 내내 진땀을 흘렸고 쩔쩔맸고 몹시 떨었다. 경준이도 그랬다. 나보다 더 당황하고 두려워한다는 걸 숨소리와 떨리는 손만으로도 충분히 알 수 있었다.

참 이상하다. 스킨십이란 이런 것인가. 볼품없고 마른 몸뚱이이건만 만질수록 안타깝고 안아 주고 싶다는 생각이 들었다. 아기 같은 몸이다. 비록 뼈가 만져지도록 말랐어도 환자의 피부는 부드럽고 가녀린 떨림마저 내게 전해졌다. 등창의 흔적이 문신처럼 남은 등, 부서질 것 같은 엉덩이, 움푹 파인 갈비뼈 밑에서 심장이 파들거리는 것마저 보일 듯 가엾은 몸. 이런 몸도 살아 있다고 할 수 있을까.

마른 수건으로 물기를 닦아 주는데 환자 입에서 소리가 났다. 하아. 간신히 참았다는 신음 같기도 하고 시원하다는 감탄 같기도 한. 눈에 눈물이 고였다 흘러내렸다. 우리는 놀라서 마주 보았다. 그리고 나는 더욱 놀랐다. 황급히 시선을 돌리는 경준이의 눈을 보고 만 것이다. 그는 울고 있었다. 심장을 관통하는 아픔에 나는 몸을 떨었다.

그때 샤워실 문이 열리고 간병인이 들어왔다. 우리처럼 그녀 역시 온몸이 젖어 있었다. 간병인은 수고했다는 말 한마디 없이 능숙하게 환자에게 옷을 입히더니 가볍게 안아 침대로 옮겼다.

물이 뚝뚝 떨어지는 채로 우리는 병실로 갔다. 경준이의 젖은 신발이 물 자국을 남기며 나아갔다. 우리가 왜 이런 상황에 빠져들었는지 이해하기는 어렵다. 다만 전혀 예상치 못한 일에 부딪혔고 피할 수 없었다는 것뿐. 그리고 경준이도 나와 많이 다르지 않다는 인상을 갖게 되었다.

비록 퀭한 얼굴일망정 환자는 아이처럼 뽀얀 얼굴로 잠이 들었다. 그 편안한 얼굴을 보니 뿌듯했다. 역 광장에서 밥 퍼 주는 일보다 잘한 일 같다. 액자의 사진을 오래 들여다보았다. 임정옥. 이 사람은 누굴까. 왜 이걸 곁에 두고 있을까.

"이쁘지? 딸이란다."

그사이 마른 옷으로 갈아입고 온 간병인이 툭 말했다. 신경이 오소소 살아나는 걸 느끼며 조심스레 물었다.

"이분, 잘 아세요? 딸이면…… 혼혈인가. 눈도 푸르고, 머리가락도."

"잘 알기는. 그건 그냥 작품이래."

"딸이라면서요."

"딸을 못 데리고 살아서 그런 생각이 들었나 보지. 예술이 그렇다는구나. 그니 오라버니가 그러더라. 이래도 이이가 왕년엔 모델에 사진작가였단다."

"사진작가……."

"오라비 말고는 가족도 없어. 불쌍한 인생이지."

그때 왁자하니 사람들이 들이닥쳤다. 막 씻겨서 치장을 마친 이

쪽 아줌마의 가족이었다. 차림새를 보니 간병인이 왜 쩔쩔맸는지 알겠다. 멀쩡히 잘 있던 환자가 가족을 보자 어린애처럼 울기 시작했고 간병인이 진정시키며 설명까지 하느라 병실이 소란스러워졌다. 이런 와중에도 임정옥 환자는 눈꺼풀조차 움직이지 않고 잠에 빠져 있었다. 액자 속 여자아이처럼. 표정이 빠져나간 그림처럼. 모델이었다는 말을 들어서인지 이마도 콧날도 선이 참 고와 보인다. 나처럼 콧날이 약간 매부리인데도.

천천히 복도를 나왔다. 한 가지는 분명해졌다. 임정옥이 나비라는 것. 그런데 오빠는 어디 있을까. 재희가 여기를 알려 준 건 오빠 때문이었는데.

1층 편의점에서 주스 두 개를 샀다. 발목 양말이 있어 그것도 샀다. 운동화가 젖어서 양말이라도 갈아 신으면 나을 것 같아서였다. 밖은 화사하고 바람도 시원해서 살갗이 금세 가실가실해졌다. 조금 지나면 머리카락도 옷도 마를 것이다.

주스를 내밀었지만 경준이는 받지 않았다. 얼굴이 어둡다. 줄곧 땅바닥만 보며 걷는 것도 그렇고, 얼굴을 문지르며 신음처럼 한숨을 내뱉는 게 가슴 답답한 일이라도 생긴 것 같다. 샤워실에서도 내내 저런 표정이었다. 낫지 않은 등창을 볼 때 그는 정말 괴로워 보였다. 그 상처가 마치 말라빠진 몸이라도 파먹을 게 남았다는 듯 악착같이 들러붙은 벌레 같아서 나 역시 그랬다.

셔틀버스 정류장에는 우리뿐이었다. 경준이가 여전히 우거지상을 하고서 건너편 간이 의자에 앉았다. 나는 젖은 운동화와 양말을 벗고 간이 의자에 올라섰다. 양팔을 벌리고 바람을 느끼기도 했다. 버스를 타기 전에 조금이라도 말라야 한다. 그런 나를 경준이가 잠시 바라보았다. 그러더니 픽 웃었다. 아까와는 조금 다른 웃음. 나도 아까보다는 그가 편해졌다. 나비로 인해 우린 조금 달라졌다.

"상연인 아직이야?"

대답 대신 그를 물끄러미 보았다. 다시 땅바닥만 보고 있는 경준이. 옷은 얼룩처럼 말라 가고 나처럼 운동화도 양말도 젖어서 우스운 꼴. 거기에 신상연의 수그러든 뒷모습이 겹쳐졌다.

"응. 잘도 숨었지. 학생 회장은 어떻게 된 거야? 김민은 전학 갔던데."

경준이는 꽤 오래 입을 다물었다. 그러다 혼잣말처럼 말했나.

"상연인 안 그랬어. 보호하려고 했지."

여전히 땅만 보면서 그가 자기 머리카락에 손가락을 박았다. 가슴이 찌르르했다. 가해자 입에서 나온 첫 번째 진실이다. 경준이는 고개를 수그린 채 고해 성사를 하듯 천천히 말했다.

"멍청한 자식. 재희랑 논 애가 얼마나 많은데. 그런 앨 여친이라고, 자기 아킬레스건까지 털어놓은 건 상연이 실수였어. 뭘 믿는다는 거, 그게 얼마나 웃긴 일인지 알려 주고 싶었지. 바람피우는 아버지, 세상, 우리 다 얼마나 하찮은지 알게 하고 싶었다고. 상연이가 자기 비밀이 안 지켜졌다는 걸 알았을 때, 재희는 이미 엄청 취해 있었어. 우리도 좀 그랬고.”

듣기는 해도 무슨 내용인지 나는 좀 이해하기 어려웠다. 그래도 잠자코 들었다. 경준이가 하기 어려운 이야기를 꺼내고 있다는 걸 알았기 때문이다. 그는 떨고 있었고 간간이 신음 같은 한숨을 쉬었다. 왜 하필 나한테 고백하는지 두렵고, 도중에 정신을 차리고서 예전의 이경준으로 돌아갈까 봐 조용히 듣기만 했다.

“우린 다 엄청 취해서, 제정신이 아니었어. 싸우고, 욕하고. 사생아 발언은 내 실수야. 그걸 이제 알 것 같아.”

나는 경준이가 괴로운 듯 두 손으로 얼굴을 문지르는 걸 보며 찡그렸다. 사생아라니. 뜬금없는 소리인데 나는 본능적으로 묘한 불안감을 느꼈다.

“모든 게 처음엔 장난이었어. 상연이 자식, 꼴사납게 재희 감싸지만 않았어도 일이 그렇게까지 안 됐을걸.”

잠자코 젖은 운동화만 내려다보았다. 나는 떨고 있었다. 경준이 말투가 거슬리는데도 그를 더 이상 보고 싶지가 않았다. 경준이도 한동안 말이 없었다. 침묵을 깨고 조용히 말을 꺼낸 건 나였다.

“오빠는 왜 때린 거야? 신고라도 할까 봐, 그래서 심재호한테…….”

“우린 아무도 결백하지 않아. 어쨌든, 재희를 데려온 건 상연이야. 그런데 기억 상실? 아주 완벽하게 도망친 거네.”

갑자기 어금니가 꽉 물어지고 눈물이 핑 돌았다. 이경준이라는 이 애는 지독한 가시 같다. 누구라도 상처 낼 수 있는 애.

"넌 어떻게, 저 사람을 만나고도 그렇게 담담할 수 있지?"

이거야말로 못 알아듣겠다. '저 사람을 만나고도'라니. 내가 누굴 만났다는 걸까.

"설마, 아직도 몰라? 그날 우리 시한폭탄은 너였는데."

뒤통수에 예리한 통증이 느껴졌다.

"너랑, 나비라는 저 사람."

머리가 깨질 듯 아프기 시작했다. 사생아. 내 짐작이 맞는다면, 그게 바로 나였다. 오빠의 아킬레스건이라는 비밀. 성폭행으로 유학을 접어야 했던 재희와 불순한 아버지의 과거 때문에 괴로웠던 오빠가 나누어 가졌던 아픈 비밀.

"유리야!"

나는 쓰러지지 않으려고 의자를 꽉 잡은 채 소리가 난 쪽을 보았다. 낯선 남자가 다가오고 있었다. 모르는 사람이었다. 그래도 그 남자에게서 시선을 돌리지 않았다. 경준이를 다시 보느니 그편이 나았다.

"그래. 왔구나!"

나를 아는 체하며 웃는 남자. 구레나룻에 반이나 가려진 얼굴에는 별로 안 어울리는 웃음이었다. 어색하게 웃는 남자를 나는 그저 바라보기만 했다. 왠지 남자가 나를 진작부터 알고 있는 것 같았다.

"먼발치로만 널 봤지."

남자가 말했다. 나를 왜 먼발치에서 봤을까 궁금한 순간, 목소리를 기억해 냈다. 전화기 너머의 남자. 미리내 요양원이라며 오빠를 찾던 사람.

"가자. 다들 기다린다."

"다, 누구요?"

멍하니 되묻는 나를 보고 남자의 얼굴에서 웃음이 슬며시 사라졌다. 누구긴, 네 어미 아비, 그리고 상연이지. 남자의 중얼거림에 나는 젖은 운동화에 발부터 꿰었다. 남자가 먼저 성큼성큼 걸어갔다. 나는 잠시 엉거주춤 서서 남자를 보고 경준이를 보았다. 나를 외면하는 경준이 볼이 움찔했다. 하고픈 말을 어금니로 깨물기라도 한 듯.

*

"심리 안정에 좋대."

미정이가 준 목걸이를 잠자코 받았다. 마음을 안정시키는 허브 향 목걸이다. 오빠가 이걸 목에다 걸까.

학원 쪽으로 가며 미정이가 손가락으로 목 자르는 시늉을 했다. 내가 아는 이야기를 언젠가는 반드시 다 고백하라는 협박이다. 지금은 참아 주겠어. 하지만 결국 다 불어야 할걸. 너 같은 애를 친구로 삼아 주는 앤 나밖에 없으니까.

학원으로 사라지는 미정이를 물끄러미 보다 돌아섰다. 아직은 아무것도 말하고 싶지 않다. 말하고 싶어질 때가 오기는 할까. 그때 그 상대가 미정이라면 좋겠다. 미정이는 참을성 있는 친구가 분명하니까. 재희. 내 마음에는 여전히 재희가 있다. 나를 생모에게 안내해 준 유일한 사람. 의도가 뭐였든 개한테 무슨 일이 있었든, 개라면 많은 이야기를 나눌 수 있을 것 같다. 언젠가 우리가 만난다면.

매캐한 바람을 일으키며 전철이 들어온다. 바람이 제법 시리다. 숨통 조이던 여름도 다 간 모양이다. 안전선 안으로 가는데 먼발치의 남학생이 눈에 들어왔다. 경준이. 그도 저렇게 고개를 약간 쳐들곤 했지. 미리내 요양원. 거기서 그렇게 헤어진 뒤 다시는 보지 못했다. 자퇴했다는 소문이 전부였다. 김민은 전학으로, 장우람은 유학으로 학교를 떠났다. 그러나 그들을 아는 모두에게 그들은 불명예자로 남아 있다. 비밀은 어떻게든 까발려지게 마련이다. 경준이도 마찬가지다. 다만 어디로 사라졌는지 알 수 없을 뿐. 어쩌면 재희의 복수가 이거였는지 모른다. 어른들도 학교도 법도 자기편이 되어 주지 않았을 때 선택한 방법. 가장 가까운 사람을 이용해 가장 소중한 걸 빼앗아 버리기.

전철 입구에서 나오자마자 보이는 간판.

저 간판을 보면 참 다행이라는 생각이 든다. 어두운 통로 끄트머리에서 숨 쉴 만한 공간을 만난 것 같은 기분. 좋은 나무. 오빠가 나무 냄새 가득한 공방을 찾아가지 않았다면 어떻게 됐을까. 오빠는 나와 다르다. 참 다르다. 어떻게 상처 난 손을 안고서 공방 찾아갈 생각을 했을까. 자기 손이나 찍던 칼로 나무에 조각을 새기게 됐으니 얼마나 다행인지.

한적한 복도 의자에 엄마가 앉아 있다. 오빠의 심리 치료가 끝나기를 기다리고 있는 것이다. 치료가 끝나면 오빠는 다시 공방으로 갈 것이다. 엄마가 아들을 볼 수 있는 시간은 오빠가 병원을 나와 털보 선생의 차를 탈 때까지다. 오빠는 엄마가 이 사실을 받아들이게끔 한마디밖에 안 했었다. 나도 살고 싶은 거야.

배신감과 분노. 정신과 상담에서 오빠에게 맨 먼저 나온 진단이다. 비밀을 나눈 친구에 대한 배신감, 성폭행에 대한 분노, 여자 친구를 지켜 주지 못했다는 자책감. 나 또한 오빠를 힘들게 한 원인이었다. 내가 아빠와 나비의 외도 증거라서.

구레나룻 털보 선생이 나의 친외삼촌이라는 걸 나는 아직도 실감하지 못하고 있다. 나비. 그녀가 나의 생모라는 것도 여전히 생소하다.

나를 공방으로 데려간 날 외삼촌은 그 사실을 정확히 말해 주었다. 이렇게 자라도록 단 한 번도 진실을 알려 주지 않았던 사람들답게 엄마도 아빠도 고개를 돌린 채 다른 데를 보고 있었다. 그때 나는 어떻게 그렇게 차분할 수 있었을까. 나는 드라마 주인공처럼 울거나 밖으로 뛰쳐나가지 않았다.

그냥 생각했다. 유학 문제에 짜증 부렸을 때 엄마가 "삐끗했으면 영 다른 삶이었을걸." 하고 말한 걸 떠올렸고, 속옷 차림으로 나다닌다고 모욕당한 걸 떠올렸고, 아빠가 엄마의 비아냥을 참아 냈던 걸 떠올렸고, 고작 서른여덟 살에 노인처럼 말라 버린 나비의 몸을 떠올렸고, 슬픈 문신 같았던 등창의 흔적을 떠올렸다. 그러면서 동생이 죽기 전에 딸을 한번 보여 주고 싶었다는 외삼촌의 말을 들었다. 그 편지가 하필이면 오빠의 손에 먼저 들어가게 됐다는 것도 알았고, 아버지의 과거를 알고 오빠가 몹시 힘들어했다는 것도 알았다.

나는 울지 않았다. 훨씬 더 냉정해졌고 말수가 줄었다. 엄마를 더 똑바로 보게 됐고, 혼자서 다시 미리내 요양원에 가기도 했다. 모란관 18호에서 잠든 나비는 참 이상한 나의 한 조각이었다. 나처럼 코가 살짝 구부러진, 나처럼 손가락 발가락이 긴, 귀밑의 머리카락이 약간 곱실거리는.

나비의 죽음에도 눈물이 나지 않아서, 뼛가루를 공방 뒷산에 날려 줄 때도 울지 못해서 나는 괴로웠다. 그러기에는 우리 사이가 너무 비어 있었다. 다만 그 눈빛은 영원히 잊을 수 없을 것 같다.

처연하던 그 몸, 그 몸을 만진 기억, 상처의 흔적들, 탄식 같았던 음성. 지금은 잘 모르겠는데, 어쩌면 나중에 아주 많이 울지도 모르겠다.

"앉아라."

메마른 소리로 엄마가 말했다.

"아빠가 나 감시하라든?"

아무 대답도 안 했다. 미정이가 준 목걸이만 들여다보았다. 오늘은 오빠가 엄마와 눈도 맞추고 이것도 순순히 받아 주면 좋겠다. 어쨌든 엄마는 가장 소중하게 여겼던 걸 놓쳐 버린 사람이니까.

"편지. 내용이 뭐였어?"

지나가는 말처럼 물었다. 엄마도 보지 않고. 전부터 궁금하던 거라 대답이 듣고 싶었다. 그러나 엄마는 상담실 문에서 눈을 돌리지 않았다. 가슴이 또 뜨겁게 먹먹해졌다. 내 감정이 단단해지려면 아직도 멀었다. 그래서 가슴에 가득 차 있는 말을 꺼내기도 쉽지가 않다.

"아빠 벌주려고 나 데려온 거야. 편지도 맘대로 없애고. 도서관에서 사진집 대출해서 없앤 사람도 엄마지. 나도 알 만큼은 안다구."

담담한 말투가 거슬렸는지 엄마가 나를 돌아보았다. 울고 싶은 걸 간신히 참고 있는 얼굴. 엄마도 나비처럼 말라 가는 것 같다.

"그럼 됐잖니."

"편지 말인데."

"그 얘긴 그만해. 나도 최선을 다했다."

정말 그랬을까. 그랬는데도 우리가 이 지경일까.

"널 데려온 걸 실수라고 말하고 싶지 않다. 다만, 네가 자랄수록 네 어미가 보이는 건 참기 어려웠다. 그 생각을 못 했어. 어리석게 도. 더구나 상연이가 알았을 때는……."

엄마의 한숨 꼬리가 떨렸다. 그때 상담실 문이 열리고 오빠가 나 왔다. 엄마는 오빠 손조차 잡지 못했고 오빠도 엄마를 보지 않았 다. 엄마가 원장님과 면담하는 동안 우리는 밖으로 나왔다. 털보 선생이 보여서 내가 멈칫하자 오빠가 돌아보았다. 그리고 주머니 에서 목질의 공 같은 걸 꺼내 주었다. 나무로 매끄럽게 다듬은 타 원형인데 손에 들어길 징도로 작은 거였다.

"엄마 줘. 피톤치드가 심신에 좋대."

피톤치드가 뭔지 몰라도 나무 냄새는 향기롭다. 상담을 마치고 나온 엄마가 다가왔다. 미정이 목걸이를 내밀자 오빠가 나를 보았 다. 이렇게 정면으로 보는 게 얼마 만인지 모른다. 가족이 서로 눈 길도 마주하기 어려울 만큼 힘겨운 시간이 우리 사이에 있었던 거 다. 목걸이를 받아 주머니에 넣더니 오빠가 엄마의 발치께를 보며 말했다.

"걱정 마요. 돌아갈게요. 언젠가는."

오빠를 태운 차가 이내 시야에서 멀어졌다. 엄마는 차가 사라진 뒤에도 내내 그렇게 서 있었다. 오늘은 눈물을 보이지 않았다. 많이 좋아졌다더라. 엄마를 움직인 사람은 이번에도 오빠였다. 내게는 가자는 말도 없이 앞서 가는 엄마. 그 옆으로 가며 타원형 나무공을 엄마 손에 쥐여 주었다. 나무 냄새가 우울증에 좋대. 거짓말도 보태고.

"편지, 꼭 알아야겠니?"

엄마가 중얼거리듯 물었다. 나는 잠자코 걸었다. 궁금하기는 하다. 내용을 조금 알 것도 같지만. 미정이 말을 빌리자면 나는 나비의 안타까운 애벌레다. 보드라운 손가락의 기억만 남긴, 나비와의 시간이 너무 짧았던, 나비의 아픈 한 조각.

"내 코가 살짝 휘어진 게 싫어. 이쪽 눈엔 쌍꺼풀도 더 필요한 거 같고. 이거 다 완벽하게 수술해 줘. 그럼 엄마, 용서해 줄지도 몰라."

엄마가 걸음을 멈추고 나를 물끄러미 건너다보았다. 나도 그런 엄마를 숨을 크게 들이마시고 마주 보았다. 정물처럼 누워만 있던 나비를 생각했다. 난 절대로 그렇게 살지 않을 것이다. 엄마는 웃지도 비난하지도 않았다. 내 눈과 코가 어떤지 찬찬히 보는 것 같았다.

"스무 살 넘으면. 그때도 안 이쁘면."

힘이 다 빠져 버린 말투. 나는 비로소 천천히 숨을 내쉬며 엄마와 걸음을 맞춰 걸었다. 그리고 경비실을 지날 때 내 앞으로 온 작은 소포를 받았다. 동물원 스탬프만 찍힌 소포.

아주 작은 상자에 뻣뻣한 터럭 몇 가닥과 노란 포스트잇이 들어 있었다. 턱을 건방지게 쳐들던 경준이가 떠올랐다.

너의 사자가 남긴 갈기야. 아프리카에 가거든 야생에 뿌려 줘. 미안하다. 상처가 아픔이라는 걸 너무 늦게 알아서.

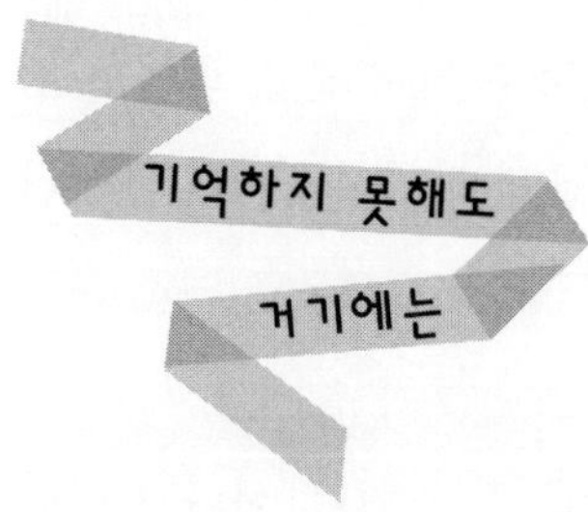

이 남자는 전날 자신이 무엇을 했는지 전혀 기억하지 못한다고 합니다. 과도한 스트레스로 인해 일시적으로 얼마 동안의 기억을 잃어버렸다고 하는데요, 이 기이한 병의 정체는 원인이 정확히 알려지지 않았으며 거의 재발하지도 않는……

작은 수첩에 메모를 하다 무심코 귀를 기울이게 된 뉴스 내용이다. 나는 수첩을 든 채 텔레비전 화면 속의 남자를 물끄러미 바라보았다. 적당한 키에 반듯한 외모의 백인 남성이 어깨를 으쓱하며 어제 기억이 하얗게 사라져 버렸노라 했다. 그가 비쭉 웃기까지 하는 통에 그가 잃어버렸다는 전날의 기억은 사라져 버려도 아무렇지 않을 것쯤으로 여겨졌다. 그래, 그렇지. 살다 보면 그저 그런 일들이 좀 많은가. 대부분의 사람들은 오늘도 어제 같고, 내일도 오늘 같은 일상을 반복하고 있으니까. 하지만, 하필이면 사라져 버린 기억이 그의 소중한 무엇이라면. '과도한 스트레스로 인해'라고 하지 않았나.

왠지 그의 머리 한쪽이 휑하니 비었을 것 같았다. 사라져 버린 그 기억의 정체는 무엇일까. 흥미로운 정보라서 적어 두려고 수첩을 펴자 방금 전에 적다가 만 메모가 눈에 들어왔다.

인간에게 가장 중요한 능력은 자기표현이며,

상관없는 두 가지가 묘하게 마블링처럼 뒤섞이는 느낌. 그리고 문득 병실에 혼자 누워서 석고처럼 굳어 가는 몸으로 하염없이 사람을 기다리던 어떤 여인이 떠올랐다. 손가락 하나 까딱할 수 없는데 정신은 너무나 말짱해서 더욱 비참했던 사람. 수치심과 박탈감을 마지막까지 느껴야만 했을 그녀의 마르고 냄새 지독한 몸이 생각나 울컥했다. 어쩌자고 이 모든 게 서로 이끌리듯 뒤엉켜 이야기가 된단 말인가. 이 남자의 그 경우가, 정신이 너무 말짱해서 살아 있는 게 저주 같다고 울던 그녀에게도 일어났다면 얼마나 감사했을 것인가.

마블링은 잠시 수첩의 메모로 정지되었다가 어떤 소녀에게 일어난 사건 소식이 가해져 다시 뒤엉키기 시작하더니 결국 충격으로 일부 기억을 상실한 상연이를 유추해 내고, 상처투성이 재희, 자신이 누구이고 무엇인지 알아야만 했던 주인공 유라를 만들어 냈다.

우리는 본능적으로 슬프고 아픈 걸 덮어 두려고 하나 우리의 경험 기억은 결코 사라지거나 없는 것이 되지 않는다. 가장 예민한 세포에 은닉되었다가 더할 수 없이 절망적일 때 드러나 잔인성을 보여 준다. 그래서 상처와 아픔에 대한 화해가 필요하다. 우리는 어쩔 수 없이 상처의 증거라는 점에서 유라와 크게 다르지 않다. 나는 어떤 것으로부터 떨어져 나왔고 맞는 조각에 가닿기까지 외로울 수밖에 없으며 그러는 과정에서 누군가의 모서리에 다치고 누군가를 다치게 만들기도 한다. 아픈 상처, 사라진 기억까지 포함했을 때 비로소 내가 완성된다는 걸 어른이 되어서야 깨닫는다.

말짱하던 정신마저 석고가 되어 가던 순간에 곁에 있어 주지 못해서, 미안해 엄마.

2011, 황사의 여름

황선미

창비청소년문학 37

사라진 조각

초판 1쇄 발행 • 2011년 6월 24일
초판 9쇄 발행 • 2023년 5월 18일

지은이 • 황선미
펴낸이 • 강일우
책임편집 • 이지영
펴낸곳 • (주)창비
등록 • 1986년 8월 5일 제85호
주소 • 10881 경기도 파주시 회동길 184
전화 • 031-955-3333
팩시밀리 • 영업 031-955-3399 편집 031-955-3400
홈페이지 • www.changbi.com
전자우편 • ya@changbi.com

ⓒ 황선미 2011
ISBN 978-89-364-5637-5 43810